Clássicos Juvenis TRÊS POR TR3S

TRÊS VINGANÇAS

Clássicos Juvenis TRÊS POR TR3S

TRÊS VINGANÇAS

Moby Dick, Herman Melville
O conde de Monte Cristo, Alexandre Dumas
Olho por olho, Sylvio Gonçalves

SUPLEMENTO DE LEITURA

Três vinganças apresenta narrativas que se passam em épocas e lugares distintos. Em comum, o desejo de vingança na tentativa de aplacar o mal injustamente sofrido e de compreender as dificuldades enfrentadas. *Moby Dick*, obra fundamental da literatura universal, publicada em 1851, apresenta a obsessiva perseguição do comandante Ahab atrás da baleia branca que lhe arrancou parte de uma das pernas. Em *O conde de Monte Cristo*, de 1844, acompanhamos o desenrolar dos planos traçados detalhadamente por Edmond Dantès para se vingar das pessoas que o jogaram injustamente na prisão. *Olho por olho* retoma em seu título um provérbio do Antigo Testamento – "olho por olho, dente por dente" – em uma trama que envolve a traição de pai contra filho.

Atual Editora

POR DENTRO DOS TEXTOS
Enredos

1 Nas três histórias que compõem este volume, o desejo de vingança provoca mudanças profundas na vida de suas personagens principais. Comente estas transformações em:

a) *Moby Dick*

____

____

b) *O conde de Monte Cristo*

____

____

c) *Olho por olho*

2 Comente a importância do **mar** no enredo de cada uma das histórias.

3 Em grupo, faça uma pesquisa sobre o simbolismo do **mar** em dicionários de símbolos e relacione-o com as histórias.

4 Comente as estratégias de Edmond Dantès, de *O conde de Monte Cristo* e de Artur, de *Olho por olho*, para escaparem dos lugares onde estavam aprisionados. Dê sua opinião sobre as artimanhas que achou mais bem elaboradas nessas narrativas.

8 Nas três histórias encontramos *protagonistas*, aqueles que desempenham papel principal na narrativa e em torno dos quais a trama é construída, e *antagonistas*, personagens com quem o protagonista se defronta. Quem são os protagonistas e os antagonistas nas histórias de *Três vinganças*?

9 Comente o sentido da frase repetida várias vezes por Artur, de *Olho por olho*, e com a qual a narrativa termina: "Não sou vingativo".

LINGUAGENS

10 Em grupo, discuta os seguintes provérbios:
"A vingança é um prato que se come frio."
"A vingança é doce, mas seus frutos são amargos."

Escreva um comentário sobre esses provérbios e suas possíveis relações com as histórias lidas.

11 Em grupo, releia a carta entregue pelo abade Faria a Edmond Dantès na prisão, na qual a existência do tesouro é revelada.

a) Que diferenças você nota entre a linguagem do narrador da história e a do autor da carta?

b) Quais as razões para essas diferenças?

PRODUÇÃO DE TEXTOS

12 Em grupo, selecione capítulos ou passagens significativas de uma das narrativas de *Três vinganças* para reescrevê-las como história em quadrinhos. A seguir, sugerimos alguns passos para realizar esse trabalho:

- Relembre os acontecimentos da história como um todo.
- Selecione as situações e personagens que farão parte dos quadrinhos.
- Escreva a narração e os diálogos. Considere aspectos como a clareza da linguagem e a organização da ação. Além dos diálogos, você poderá adotar recursos como criar um narrador para contextualizar as situações representadas ou explicar a ação.
- Desenhe e monte a passagem escolhida em quadrinhos.

13 Com a ajuda do professor, monte uma exposição com as cenas de HQ produzidas. Organize uma discussão a respeito das diferenças observadas entre a narrativa literária e as histórias em quadrinhos. Considere aspectos como:

- Diferenças nos usos da linguagem verbal.
- Integração entre linguagem verbal e visual.

ATIVIDADES COMPLEMENTARES

(Sugestões para Língua Portuguesa, Literatura, Artes, História)

14 Em *O conde de Monte Cristo*, no capítulo 5, "Ciência", há um diálogo interessante entre Edmond e o abade Faria a respeito do conhecimento. Releia a passagem:

> *Edmond caminhou até a janela para olhar o fiapo de paisagem por trás das barras de ferro.*
> *– Acho que até o senhor trocaria toda essa ciência por armas que nos tirassem daqui.*
> *– Edmond, o conhecimento é uma arma – afirmou Faria. – Não viu como um prisioneiro com noções de mecânica consegue fazer ferramentas de fuga? Da mesma forma, um assassino com rudimentos de química pode criar venenos imperceptíveis a qualquer exame. E sabendo política e filosofia, até um homem de berço humilde pode se passar por nobre.* (p. 69)

a) Em grupo, discuta esse trecho.
b) Escreva um comentário a respeito dessa passagem, com as opiniões sobre a importância do conhecimento hoje em dia.

____
____
____
____
____
____
____
____

15 Procure assistir ao filme *Rastros de ódio* (Estados Unidos, 1956), dirigido por John Ford. Depois, discuta as noções de vingança que permeiam toda a história. Os professores de História e de Artes poderão ser convidados para participar desse debate.

Focos narrativos

5 Uma história pode ser contada de muitas maneiras. O narrador é aquele que a conta a partir de um determinado ponto de vista, pelo qual revela o que sabe sobre os fatos que acontecem na narração. É o que se chama de foco narrativo ou ponto de vista.

a) De que pontos de vista são apresentados os fatos em *O conde de Monte Cristo* e *Olho por olho*?

____

b) E em *Moby Dick*?

____

c) Comente os efeitos que o texto escrito em primeira pessoa pode provocar no leitor.

____

____

____

Tempos e espaços

6 As histórias de *Três vinganças* se desenvolvem em diferentes épocas e lugares. Complete o quadro, indicando o tempo (época) e o espaço de cada uma das narrativas.

Narrativa	Tempo	Espaço
Moby Dick		
O conde de Monte Cristo		
Olho por olho		

Personagens

7 Os nomes Ahab e Ismael são bíblicos. Procure informações sobre esses nomes e associe-as às personagens de *Moby Dick*.

____

____

____

Clássicos Juvenis TRÊS POR TR3S

TRÊS VINGANÇAS

MOBY DICK
Herman Melville

O CONDE DE MONTE CRISTO
Alexandre Dumas

OLHO POR OLHO
Sylvio Gonçalves

Atual Editora

COORDENAÇÃO MARCIA KUPSTAS

ILUSTRAÇÕES ADAMS CARVALHO

Conforme a nova ortografia

Coleção Três por Três
Gerente editorial
Rogério Gastaldo
Editora-assistente
Andreia Pereira
Coordenação e produção editorial
Todotipo Editorial
Assistência editorial
Ana Beatriz Freire
Revisão
Aline Souza e Danilo Nikolaídis
Pesquisa iconográfica
Cristina Akisino (coord.)
Gerente de arte
Nair de Medeiros Barbosa
Assistente de produção
Grace Alves
Diagramação
Bóris Fatigati
Coordenação eletrônica
Silvia Regina E. Almeida
Produção gráfica
Rogério Strelciuc
Impressão e acabamento
Gráfica Paym

Colaboradores
Projeto gráfico
Aeroestúdio
Ilustrações
Adams Carvalho
Coordenação
Marcia Kupstas
Suplemento de leitura e projeto de trabalho interdisciplinar
Silvia Oberg
Preparação de textos
Miraci Tamara Castro

Dados Internacionais de Catalogação na Publicação (CIP)
(Câmara Brasileira do Livro, SP, Brasil)

Três vinganças / ilustrações Adams Carvalho. – 1. ed. – São Paulo : Atual, 2011. – (Coleção Três por Três : clássicos juvenis / coordenação Marcia Kupstas)

Conteúdo: Moby Dick / Herman Melville – O conde de Monte Cristo / Alexandre Dumas – Olho por olho / Sylvio Gonçalves.

ISBN 978-85-357-1394-7

1. Literatura infantojuvenil I. Melville, Herman, 1819-1891. II. Dumas, Alexandre, 1802-1870. III. Gonçalves, Silvio. IV. Carvalho, Adams. V. Kupstas, Marcia. VI. Título. VII. Série.

11-08630 CDD-028.5

Índices para catálogo sistemático:
1. Literatura infantojuvenil 028.5
2. Literatura juvenil 028.5

8ª tiragem, 2022

SARAIVA Educação S.A.
Avenida das Nações Unidas, 7.221 – Pinheiros
CEP 05425-902 – São Paulo – SP
www.editorasaraiva.com.br

Tel.: (0xx11) 4003-3061
atendimento@aticascipione.com.br

CL: 810581
CAE: 576134

SUMÁRIO

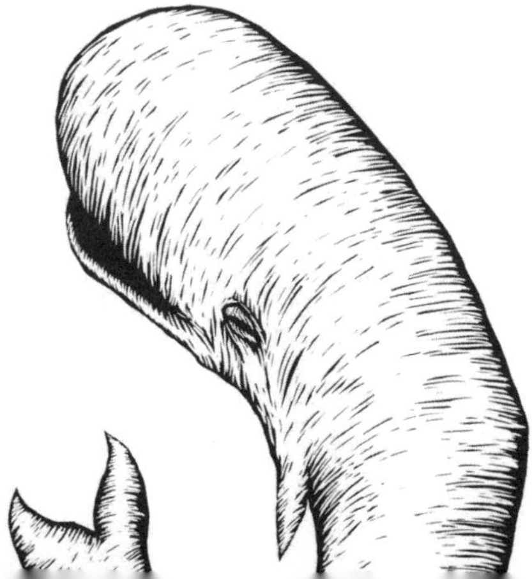

TRÊS VINGANÇAS JUSTIFICÁVEIS

Três autores, três épocas, três lugares... e um tema central, reunindo três narrativas diferentes. Quantas semelhanças pode haver entre essas histórias, quantas são suas particularidades...

A vingança é um sentimento terrível, condenado pela maioria das culturas e religiões. No Antigo Testamento, a filosofia do "olho por olho" tentava ao menos igualar crime e punição. Cristo pregava o perdão, o "dar a outra face" diante das ofensas. No passado feudal, a sociedade japonesa permitia que os samurais defendessem a honra do clã com o assassinato vingativo, que envolvia até os parentes do ofensor, mas em contrapartida o pensador chinês Confúcio, cujas ideias influenciaram toda a Ásia oriental, aconselhava: "Não se vingue, porque da vingança vem o arrependimento".

Pode ser condenável, questionável, combatida, mas sem dúvida a vingança é extremamente atraente como proposta literária. Personagens vingativos povoam o imaginário de centenas de histórias, que retratam sua perdição ou os redimem com alguma justificativa do tipo "diante disso, até que Fulano fez bem em se vingar".

Moby Dick, de Herman Melville, narra um caso de vingança que beira a loucura, com o capitão Ahab perseguindo a baleia branca que lhe arrancou a perna. *O conde de Monte Cristo* é uma das obras mais populares de Alexandre Dumas. Milhares de gerações se condoeram com o destino de Edmond Dantès, que é injustamente encarcerado e leva vinte anos para fugir da prisão, apossar-se de uma fortuna e concretizar uma vingança meticulosa contra os que o atraiçoaram. Em *Olho por olho*, Sylvio Gonçalves se utiliza de recursos de ficção científica e *thriller* de aventura para justificar a vingança do jovem Artur Leal contra seu pai, Bernardo.

Há justificativa para a vingança? Do ponto de vista moral, talvez, quando a vítima é inocente e sofre injustamente. *O conde de Monte Cristo* atesta isso, ao levar o público à delícia com o passo a passo da trajetória vingativa de Edmond Dantès. Afinal, ele é apenas um marinheiro sortudo, que ascende ao comando de um navio e tem por noiva a bela Mercedes. Com isso desperta a inveja de seu colega Danglars e a rivalidade do "melhor amigo" Fernand Mondego. Ao parar na ilha de Elba, onde o ex-imperador Bonaparte se encontrava preso, aceita conduzir uma mensagem a Paris. Ingênuo, entrega-a ao promotor de Villefort, que, vislumbrando na missiva um grande perigo para sua família, ordena a prisão de Dantès no castelo da ilha d'If.

Na prisão, Edmond encontra um amigo e mentor na figura do abade Faria. Juntos, constroem um túnel para escapar, mas infelizmente o religioso morre. Antes, porém, entrega ao rapaz um mapa de tesouro. Depois de muitas peripécias, o mundo deixa de conhecer o ex-condenado Edmond Montès e abre suas portas para o poderoso e terrível conde de Monte Cristo, que retorna a Paris a fim de elaborar um intrincado plano de vingança contra seus desafetos.

Em *Olho por olho*, tal como Edmond, o jovem Artur Leal é aprisionado sem chance de redenção. Não numa cadeia, mas num hospital psiquiátrico. Afinal, quem acreditaria que no corpo obeso daquele senhor de cinquenta e tantos anos, de nome Bernardo Leal, riquíssimo empresário e inventor, está a "alma" de seu filho de dezoito anos, Artur? Como ele pode provar algo tão absurdo? É preciso muita determinação, astúcia e coragem para confrontar o pai num desfecho irônico e positivo – para Artur.

Já a postura do capitão Ahab, em *Moby Dick*, nada tem de positiva. O livro descreve uma caçada implacável, movida mais pelo orgulho do que pela justiça ou vingança. O capitão, figura carismática, entusiasmava seus marujos com promessas de fortuna e glória, mas, diante da perspectiva de localizar Moby Dick, esquece qualquer precaução ou outro objetivo. Certo dia, o imediato Starbuck implora que voltem ao porto: "Aquilo que o senhor procura lá fora é apenas um animal. É normal matar um animal quando precisamos de sua carne. Mas por vingança... é sacrilégio!". Ahab insiste na perseguição para descobrir – tarde demais! – que, no seu caso, a vingança pode não ser a prerrogativa do homem, mas da baleia.

O tema vingança não sofreu muitas modificações quanto ao valor moral através dos tempos: aceitamos que os injustiçados se vinguem, mas condenamos os que agem levianamente, pondo em risco outras pessoas.

A coleção **Três por Três** pretende não só aproximar essas narrativas quanto a seu assunto central, mas permitir que o leitor reconheça suas diferenças. E quais são elas? Os recursos à disposição dos vingativos: os protagonistas das três histórias adotam distintos recursos físicos ou tecnológicos para se vingar. O conde de Monte Cristo usa de sua fortuna para falir o banqueiro Danglars ou comprar espiões que lhe revelem segredos dos seus inimigos, levando-os à perdição. Ahab escolhe os melhores arpoadores para seu barco e os seduz com uma moeda de ouro como prêmio para quem primeiro avistar Moby Dick. Mas, sem dúvida, nossa época oferece bem mais recursos ao enredo de *Olho por olho*. O cientista Bernardo pode colocar em prática seu plano, concebido desde que o filho era bebê, criando uma tecnologia de nanomáquinas que fazem um "*upload* para outro cérebro", e Artur pode desfazer o processo aplicando essa mesma tecnologia, num engenhoso desfecho de "ficção científica", mas com base em dados plausíveis nos dias atuais.

Arpões, tesouro gasto em espionagem e suborno, fortuna investida em engenhocas tecnológicas... independentemente de qual seja o artifício, o importante é que a vingança se realize. Sendo ou não justificável, é um tema magnífico a seduzir os ávidos fãs da boa literatura.

Afinal, a proposta inovadora da coleção **Três por Três** consiste na adaptação modernizada de textos antigos, de autores significativos da literatura universal, que dialogam com uma história de escritor brasileiro, também autor das adaptações. E tem como desafio maior seduzir o jovem leitor para que conheça o que já foi feito em outras épocas, sobre temas que, mesmo em nossos dias, continuam relevantes e desafiadores.

Boa leitura!

Marcia Kupstas

MOBY DICK

Herman Melville

Adaptação de
Sylvio Gonçalves

HERMAN MELVILLE.

Norte-americano, nasceu em Nova York, em 1819, e faleceu na mesma cidade, em 1891. Pode ser definido como um escritor incompreendido em sua época. De origem humilde, após a morte do pai, em 1832, teve de abandonar a escola e a cidade de Albany – para onde havia se mudado com a família dois anos antes –, a fim de ajudar a mãe a sustentar os sete irmãos. Arriscou-se em vários empregos: foi bancário, professor, fazendeiro... Em 1839, serviu como marujo no navio mercante St. Lawrence *e dois anos depois num baleeiro, a bordo do qual percorreu todo o Pacífico. Gostou tanto do estilo de vida dos nativos que abandonou o navio por algumas semanas para viver com eles nas ilhas Marquesas, na Polinésia Francesa. Outro barco em que trabalhou, o baleeiro australiano* Lucy Ann, *tinha condições tão insatisfatórias que seus tripulantes se amotinaram contra os oficiais. Melville foi preso junto com a tripulação na ilha de Taiti.*

Ao retornar aos Estados Unidos, usou essas experiências como tema de seus dois primeiros livros: Typee, *de 1846, e* Omoo, *de 1847. Era uma época propícia para relatos de viagens. Muitos autores conseguiam prestígio e dinheiro publicando esse tipo de narrativa. Melville estava otimista. No ano de 1847, casou-se com Elizabeth Shaw e, em 1849, publicou o terceiro romance,* Mardi. *Da mesma forma que os outros livros, este se iniciava com uma aventura polinésia, no entanto o desenredo era mais introspectivo, o que desagradou o público. Os livros seguintes,* Redburn *(1849) e* White-Jacket *(1850) foram mais aventurosos, mas não venderam tão bem.*

O escritor e sua esposa mudaram-se em 1850 para Arrowhead, uma fazenda em Pittsfield, Massachusetts, onde conviveram com o escritor Nathaniel Hawthorne, autor de A letra escarlate. *De suas longas conversas, começou a surgir a ideia de* Moby Dick, *um romance ambicioso, com menos propensão a relato de aventuras do que a uma séria reflexão moral sobre a condição humana. Por influência de Hawthorne, o livro foi publicado em Londres em 1851, mas desagradou o público e a crítica. O mesmo aconteceu com o romance seguinte,* Pierre, *de 1852 e o inédito* The isle of the cross, *que está perdido até os dias de hoje.*

Desiludido, o escritor se mudou para Nova York e arrumou emprego de inspetor de alfândega. Faleceu nessa cidade em 1891, esquecido e ignorado. O modesto obituário do jornal The New York Times *errou seu nome, registrando-o como "Henry Melville". Um desfecho melancólico para aquele que foi depois consagrado como autor de uma das obras-primas da literatura mundial.*

Moby Dick *é o símbolo da luta do homem* versus *seus próprios demônios, a mistura de vingança pessoal com obsessão e vaidade. Temas que permanecem fundamentais, não só para a literatura como para a reflexão moral do ser humano.*

1
NOME E OCUPAÇÃO

PODE ME CHAMAR de Ismael.

Anos atrás – não pergunte quantos – notei que nada me prendia em terra firme e quis conhecer a parte líquida do mundo. Sem finanças para embarcar como passageiro, experiência no comando de brigues ou escunas, nem habilidade técnica específica, virei marujo.

Depois de algum tempo servindo na mercante, meti duas camisas na minha velha bolsa de tapete e parti para a ilha de Nantucket, cujo porto era um dos mais importantes centros de caça à baleia dos Estados Unidos. Tinha muitos motivos para embarcar num navio baleeiro, mas o principal era o objeto da caça, um animal extraordinário que sempre atiçou minha curiosidade.

Não posso negar que a atividade baleeira seja sanguinária, mas devo lembrar que ninguém critica o soldado que abate o irmão no campo de batalha. E, como o soldado da pátria rival, a baleia é um inimigo antigo: foi o monstro que Perseu enfrentou para salvar Andrômeda, o Leviatã que engoliu Jonas e o carrasco de tantos homens que cobiçaram suas riquezas.

Sim, riquezas. A indústria baleeira contribui para os muitos confortos de nosso abençoado século XIX. Sem óleo de baleia no meu lampião, como poderia escrever à noite, quando o silêncio aviva as lembranças que movem minha pena sobre o papel?

Ismael e marinheiro, é o que sou, e não há muito mais a dizer. O destino escreve grandes dramas, mas, se escala uns poucos homens como heróis, concede papéis insignificantes à maioria. Ao embarcar no baleeiro *Pequod*, eu entrava no palco não como protagonista, mas como coadjuvante na mais trágica das histórias de vingança.

2
ENTREVISTA

– DIGA O QUE SABE sobre baleias. – O homem carrancudo estava sentado a uma mesa no tombadilho do *Pequod*, tendo às costas a floresta de mastros e velas do porto de Nantucket.

– Quase nada, senhor – respondi sincero. – Mas aprendo rápido.

– Já serviu num navio?

– Marinha mercante. Quatro viagens.

– Ora! Um navio mercante não faz homens. A rotina de um baleeiro é cheia de perigos e trabalho árduo, mas também de honra e companheirismo – suspirou, melancólico. – Ah, quanta saudade dos meus tempos de lobo do mar!

– O senhor não é o comandante do *Pequod*?

– Não mais. Agora sou um dos proprietários. Meu nome é Peleg. Não conhece o comandante Ahab?

– Ainda não tive o prazer.

– Prazer? – Peleg soltou uma risadinha enquanto acendia seu cachimbo. – Bom, não há como confundir Ahab com qualquer outro homem a bordo. A primeira coisa que vai notar é que ele tem apenas uma perna.

– E como perdeu a outra? – perguntei, temendo a resposta.

– Foi arrancada, triturada ou, como ele próprio diz, *desmastreada*. Por uma baleia ou, sendo mais preciso, um cachalote.

Engoli em seco.

– Vida de baleeiro é difícil, Ismael. Cada viagem pode durar anos, e ninguém é pago antes de voltar para terra. Todos os tripulantes trabalham por comissão. O percentual é estipulado segundo a experiência e a posição do marinheiro. A você, meu rapaz, caberia a trecentésima parte do total arrecadado com a venda de óleo e outros subprodutos.

– Não sou ganancioso, senhor.

Peleg me encarou por trás de uma cortina de fumaça.

– Marinheiro mercante, quer mesmo ser baleeiro? Pode lançar um arpão numa baleia e depois remar atrás dela, torcendo para que se esvaia em sangue?

– Sim.

– E não tem medo do estrago que um desses monstros possa causar ao seu corpo jovem?

– Senhor, desde criança ouço histórias sobre baleias. Sempre quis ver uma de perto.

– Meu rapaz, não posso garantir que voltará rico. Na verdade, nem posso garantir que voltará vivo. Mas de uma coisa tenho certeza: verá muitas baleias.

Peleg deslizou um contrato sobre a mesa. Molhei a ponta da pena em tinta e assinei na linha pontilhada.

– Acabo de lembrar uma coisa, senhor – disse enquanto empurrava o contrato de volta para Peleg. – Tenho um amigo que também quer embarcar.

Pela primeira vez desde o começo da entrevista, Peleg abriu um sorriso.

– Sempre temos espaço para aventureiros jovens e dispostos a arriscar o pescoço por uns trocados. Traga seu amigo amanhã.

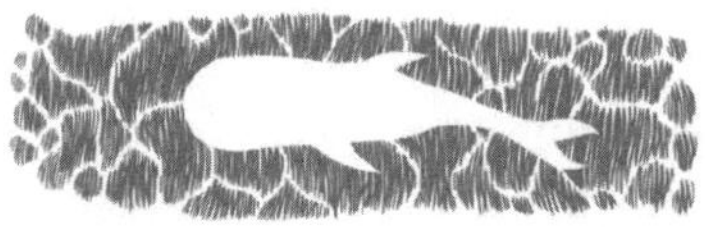

3
O PRÍNCIPE DAS TERRAS DISTANTES

– *ESSE* É O SEU AMIGO? – Peleg perguntou com horror. O homem ao meu lado vestia uma tanga estreita, expondo à brisa fria o corpo sem pelos, com exceção de uma trança finíssima enrolada em espiral sobre a testa. Cada centímetro da pele morena era coberto por tatuagens que se entrelaçavam em padrões intrincados. Na mão direita, segurava um velho arpão enferrujado com a imponência de um rei empunhando um cetro. – Por que não me disse que ele era um antropófago?

– Faz muito tempo que ele não come carne humana, senhor. Além disso, é ótimo sujeito. Eu o conheço há poucas semanas, mas já o tenho como um irmão. Seu nome é Queequeg.

– Foi por isso que não veio com ele ontem? Queria ganhar minha confiança antes de trazê-lo a bordo?

– Não, senhor. Foi profetizado que eu deveria escolher sozinho o navio que nos levará ao nosso destino.

– E quem profetizou uma asneira dessas?

O selvagem quebrou seu silêncio:

– Yojo, deus de Queequeg.

– Fala nossa língua? – Peleg estava surpreso.

– Queequeg aprender tudo sobre vocês – explicou com fluência adquirida depois de vários anos entre baleeiros.

Eu me intrometi:

– Ele veio da ilha Rokovoko, nos mares do Sul.

– Nunca ouvi falar desse lugar. Está nos mapas?

– Os lugares verdadeiros nunca aparecem nos mapas – argumentei. – E Queequeg não era um simples nativo dessa ilha. Era o filho do rei.

– Está dizendo que ele abdicou de um reino pela vida miserável de arpoador?

– Os nativos de Rokovoko nunca tinham visto o homem branco até o dia em que um baleeiro ancorou na baía – esclareci. – Queequeg fez amizade com os marinheiros e ficou fascinado com tudo que contaram sobre o mundo do outro lado da grande poça. Decidiu que queria conhecer a cristandade e se ofereceu como tripulante, mas o comandante não o aceitou.

– Comandante disse "tripulação completa" – explicou Queequeg.

– Na verdade, acho que o homem estava com medo dele.

– Não o condeno – disse Peleg, olhando mais de perto as formas sinistras marcadas na pele do selvagem.

– Mas Queequeg conhecia a ilha como a palma da mão e sabia por onde o baleeiro teria de passar.

O próprio selvagem prosseguiu o relato, explicando que ficou de tocaia numa canoa, aguardando o barco grande dos homens brancos. Ao avistar a embarcação, remou até ela, impressionado com a altura que ia tomando acima do nível do mar. Por alguns instantes, achou que não conseguiria subir a bordo. Remando com todas as forças contra ondas violentas, conduziu a canoa e foi se acercando do baleeiro até encontrar uma corrente de ferro que pendia do navio. Usou a corrente para escalar o costado e pulou sobre a amurada, caindo de bruços no tombadilho. A corrente ficava presa a uma argola cravada na madeira do convés, e Queequeg se agarrou a ela, declarando que não sairia dali enquanto não o aceitassem como tripulante. O comandante ordenou que largasse a argola, ameaçando decepar seus pulsos e atirá-lo aos tubarões. Mas Queequeg, como autêntico príncipe, não cedeu.

– Comandante finalmente aceitou Queequeg – concluiu o selvagem.

– E não demorou para descobrir que ele tinha habilidades muito úteis ao ofício de baleeiro – acrescentei.

– Que habilidades? – perguntou Peleg.

Segurando um sorriso, eu me virei para Queequeg e disse:

– Por que não mostra ao sr. Peleg o que você pode fazer?

Com a agilidade de um caçador primitivo, Queequeg saltou para a amurada e dali para a proa de um dos botes suspensos nas laterais do baleeiro. Apoiando-se no joelho esquerdo, brandiu o arpão e disse:

– Olhem mancha de piche. – Eu e Peleg tivemos de nos debruçar na amurada e forçar as vistas até enxergarmos, a muitos metros de distância, um pontinho preto e brilhante ondulando na água. – Não parece olho de baleia?

Queequeg fez mira por não mais que um segundo. O arpão foi arremessado numa trajetória reta e perfeita até atingir o centro da mancha de piche e desaparecer na água.

– Se aquilo olho de baleia, baleia morta – declarou Queequeg, triunfante.

Até eu, que já devia estar acostumado às façanhas de meu amigo selvagem, fiquei surpreso. E Peleg, totalmente embasbacado.

– Venha cá, selvagem! – gritou Peleg logo que recuperou a voz. – Venha assinar seu contrato. Em todos meus anos no mar, nunca vi um arpoador como você!

Queequeg se aproximou da mesa, e lhe mostrei como segurar a pena e molhá-la na tinta.

– Queequeg não escreve – confessou o selvagem.

– Tudo bem, rapaz. Rabisque aí qualquer coisa que o identifique.

Sem pestanejar, Queequeg desenhou uma estranha figura arredondada, idêntica a uma tatuagem que ele carregava num ombro.

– Ismael, não sei como os outros tripulantes vão reagir ao exotismo do seu amigo – disse-me Peleg. – Como temos pouco espaço, os marujos precisam dormir dois em cada cama. Acho que vocês dois terão de dividir o leito.

– Estou acostumado, senhor. Conheci Queequeg em Nova Bedford, quando a única vaga que havia na estalagem Baleia que Jorra era na mesma cama que ele. Confesso que quase morri de pavor na primeira noite, mas nunca tive motivos de queixa. – Então acrescentei, com um sorriso sarcástico: – Prefiro dormir com um canibal sóbrio do que com um cristão bêbado!

4
DUAS PROFECIAS

QUANDO EU E QUEEQUEG descemos a rampa para o porto, o céu azul e sem nuvens confirmava o otimismo que pulsava em meu peito. Mal podia esperar pela semana seguinte, quando o *Pequod* zarparia de Nantucket.

– Ei, marujos! Vocês se engajaram nesse navio? – A voz rouca pertencia a um velho com roupas puídas de marinheiro e o rosto marcado por moléstias. Segurava uma garrafa de rum numa das mãos, enquanto com a outra apontava para o *Pequod*.

– Já assinamos nossos contratos – respondi orgulhoso.

– Por acaso leram as cláusulas? Alguma dizia o que *ele* vai fazer com as suas almas?

– De quem está falando, velho? – retruquei com uma risadinha nervosa.

– Estou falando de Ahab! – gritou o mendigo. – O barqueiro que vai levar suas almas para o inferno!

– Vamos embora – disse a Queequeg. – Esse maltrapilho está bêbado ou louco.

Enquanto nos afastávamos, o mendigo continuou gritando coisas incompreensíveis às nossas costas.

Naquela noite, em nosso quarto na estalagem, eu fumava o cachimbo primitivo de Queequeg enquanto ele rezava para o pequeno ídolo negro de seu deus Yojo. Estava quase pegando no sono quando me dei conta de que agora duas profecias ditavam meu futuro.

A primeira profecia foi feita por Yojo: caberia a mim escolher o navio que nos levaria ao nosso destino. A segunda profecia foi anunciada pelo mendigo no porto: o destino que nos aguardava era a danação eterna.

5
PEQUOD

MAIS UMA VEZ, o velho baleeiro singrava o Atlântico, apenas um dos muitos oceanos que havia desbravado em um século de existência. Eu já tinha conhecido embarcações de todas as partes do mundo, de juncos chineses a galeotas portuguesas, mas jamais um navio tão curioso quanto aquele.

Com nome emprestado de uma tribo indígena exterminada havia muito tempo, o *Pequod* era um navio das antigas, nem pequeno nem grande, mas ameaçador como uma fera encolhida para o bote. A proa lembrava um rosto barbado e sábio. O casco era corroído pelas tempestades e descorado pelo sol nas calmarias. Os mastros – entalhados em algum lugar na costa do Japão, onde um tufão tinha derrubado os originais – eram altos e empertigados. Seus sucessivos comandantes o haviam ornamentado com desenhos e acessórios que lhe conferiam o aspecto de um escudo medieval ou um troféu ambulante. E o leme, para minha surpresa, não era constituído pela tradicional peça de madeira sólida, mas por um maxilar superior de cachalote, de brancura ofuscante. Um nobre navio, do qual, como de todas as coisas nobres, emanava uma profunda melancolia.

Felizmente, os tripulantes não trataram Queequeg com estranheza ou preconceito. Na verdade, já compunham um grupo heterogêneo. A maioria dos marinheiros era natural de Nantuchet, mas outros vinham dos Açores, nas proximidades da Europa, das ilhas Shetland, na Antártida, ou até de regiões ainda mais remotas.

Quando se avistasse uma baleia, seriam baixados ao mar quatro botes, cada qual com um arpoador e quatro remadores, ao comando de um dos oficiais do *Pequod*.

Flask, o terceiro imediato, era natural da ilha de Martha's Vineyard. Esse homenzinho ruivo andava sempre irritado e com cara de poucos amigos. Descontente com a vida, canalizava todas as suas frustrações contra as baleias.

– Malditas ratazanas d'água! – costumava resmungar. – Precisamos exterminar essas pragas do oceano até que não reste nenhuma!

O arpoador do bote de Flask era um pele-vermelha chamado Tashtego. Diziam que, sob o comando de Flask, Tashtego atacava as baleias com a mesma frieza e precisão com que caçara alces na Nova Inglaterra.

O segundo imediato não podia ter um contraste maior com Flask. Natural do Cabo Cod, Stubb era um homem atarracado e bonachão que jamais escondia o prazer com que exercia seu ofício.

O arpoador habitual de Stubb era Daggo, africano de quase dois metros, pele escura como a noite e argolas enormes penduradas nas orelhas. Andava sempre calado, o que me levava a suspeitar que não dominasse bem os idiomas falados a bordo. Entretanto, sabia responder com um meneio de cabeça sempre que Stubb contava uma piada.

De todos os tripulantes e oficiais, o de aparência mais trivial e comportamento mais sóbrio era Starbuck. Nascido em Nantucket, esse homem magro e de feições severas aparentava experiência e maturidade. Contudo, uma inspeção mais minuciosa revelava que não devia ter mais de trinta anos.

Foi ele quem nos saudou quando subimos a bordo.

– Sejam bem-vindos ao *Pequod*. Sou Starbuck, primeiro imediato do comandante Ahab. — Dirigindo-se a Queequeg, disse:

– Peleg me contou sobre sua experiência e habilidade. Você será meu arpoador.

Então, olhando-me com desconfiança:

– Ismael, você é tão corajoso quanto aparenta?

– Bom, senhor, eu me esforço para... – comecei a responder, mas ele me interrompeu.

– Não faça rodeios. As baleias lhe dão medo?

Confuso, pensei por um instante antes de admitir:

– Ainda não avistei uma de perto. Mas, por tudo que já ouvi sobre elas, acredito que merecem meu respeito.

Starbuck pousou a mão direita no meu ombro.

– Quando baixarmos os botes para sair à caça, você será um dos meus remadores. Porque só admito no meu barco homens que tenham medo de baleias.

O quarto bote seria liderado pelo próprio comandante Ahab, mas eu não sabia quem ele escolhera como arpoador e remadores.

A bem da verdade, eu não sabia quase nada sobre Ahab. Já estávamos havia mais de uma semana no mar e ainda não vira com meus próprios olhos o comandante do *Pequod*.

6
O GENERAL FANTASMA

– O BARQUEIRO QUE VAI LEVAR as suas almas para o inferno!

As palavras do maltrapilho no porto ainda ecoavam em minha mente, incitadas pela invisibilidade quase sobrenatural do comandante Ahab. Uma atmosfera de inquietação pairava sobre o *Pequod*. Alguns homens diziam que Ahab estava adoentado em seu camarote, recuperando-se de alguma moléstia severa adquirida em terra firme. Outros acreditavam que ele estava moribundo e que já passara o comando a Starbuck.

Acompanhando nosso estado de espírito, o tempo fechara. Embora estivéssemos rumando para o Sul, tínhamos de suportar um frio quase polar.

Certa tarde, eu estava limpando o convés, trincando os dentes contra a brisa fria. A alguns metros, estranhamente alheio à temperatura, Pip, o menino de entregas, caminhava equilibrando-se sobre a amurada. Recolhido das ruas do Alabama, Pip era um garotinho negro de sete ou oito anos cuja inteligência arguta e rapidez extrema eram muito úteis para agilizar a comunicação dentro do *Pequod*.

Estava quase terminando de esfregar um dos inúmeros orifícios perfurados a broca no convés – não fazia ideia de qual seria sua utilidade – quando Flask subiu ao tombadilho e, abraçando-se para se proteger do frio, chamou por Pip. O menino pulou da amurada e correu até ele. Achei que Flask iria repreendê-lo por brincar de forma perigosa, mas apenas lhe entregou um papel.

Enquanto Flask descia apressado, Pip passou correndo por mim e foi bater à porta do camarote do comandante. A porta se abriu para que ele entrasse e fechou-se em seguida.

Intrigado, fingi derrubar meu balde de água suja, arrumando assim uma desculpa para permanecer ali. Instantes depois, Pip emergiu do camarote com outro papel nas mãos e desceu para os conveses inferiores.

De súbito, tudo me parecia claro. Ahab estava vivo e bem, exercendo o comando a distância por meio de seus imediatos.

A conclusão me deixou aliviado, mas apenas em parte. Afinal, todo soldado aprecia ver seu general de vez em quando. Ninguém gosta de seguir os comandos de um fantasma.

7
CONVOCAÇÃO

CERTA MANHÃ, quando estávamos havia quase três semanas no mar, o terceiro imediato Flask entrou no refeitório e bradou com seu mau humor habitual:

– Todos à popa! Acelerado!

Interrompendo meu desjejum de ervilha, sopa de peixe e biscoito duro, acompanhei meus companheiros marujos ao convés superior.

O tempo tinha amainado, mas a manhã ainda estava escura. Morrendo de curiosidade sobre o motivo daquela rara convocação geral, apressei o passo para me colocar à frente do grupo.

Enquanto me aproximava da popa do navio, não conseguia ver muito à minha frente além da bruma densa que pairava no convés. Pouco a pouco, uma silhueta foi tomando forma em meio à névoa coleante. Era um homem parado de pé, voltado para a amurada.

Ao se virar para nós, o homem produziu um baque alto e grave na madeira do convés. Parado a poucos metros dele, baixei os olhos buscando a origem do ruído. Nesse instante, uma brisa dissipou a névoa, concedendo-me uma visão cristalina. E o que enxerguei, cravada num daqueles inúmeros buraquinhos espalhados pelo convés, foi a ponta de um suporte branco e reluzente como a lua cheia. Escalando-o com os olhos, vi tratar-se de uma prótese esculpida em osso de baleia, substituindo a perna direita de um homem muito alto, de ombros largos, cabelos grisalhos e cicatrizes na face direita.

Ahab!

8
O PRÊMIO

– MARUJOS, SINTO CHEIRO de baleia! – bradou Ahab com uma voz que ecoou por todo o convés superior. – Estamos entrando no território desses cetáceos. E o que vocês farão quando avistarem uma baleia?

– Daremos sinal! – responderam os marujos mais experientes.

– Muito bem. E depois?

– Baixaremos os botes ao mar!

Com um sorriso selvagem, Ahab segurou-se nos cordames da amurada para caminhar até outro buraco no piso, fincando nele a ponta da prótese. Os imediatos Starbuck, Stubb e Flask posicionaram-se ao lado do comandante, em silêncio respeitoso.

Com as mãos já livres, Ahab gesticulou freneticamente ao gritar:

– Vamos abater muitas baleias!

Sem que eu me desse conta, já estava gritando um “hurra” em uníssono com todos os meus companheiros. Havia nesse homem alguma coisa hipnótica. Uma qualidade com a qual poderia empolgar até o marujo mais apático.

– Mataremos baleias azuis, cachalotes e jubartes. Cortaremos sua carne aqui no convés. Depois jogaremos os cubos de carne na nossa caldeira. A carne de baleia vai virar óleo, e o óleo vai virar dinheiro nos bolsos de todos vocês!

Mais uma vez, a multidão aplaudiu e gritou vivas, numa baderna capaz de acordar até o rei Netuno.

Ahab levantou o braço, ordenando silêncio.

– Mas todas essas baleias serão apenas um treino. Um exercício para nosso combate contra o maior cetáceo já visto nos sete mares. Uma criatura tão singular que até ganhou um nome. O monstro conhecido como Moby Dick!

Postados ao lado de Ahab, Stubb e Flask se uniram a um novo brado com os tripulantes. Já Starbuck se limitou a baixar os olhos para o piso de madeira. Teria sido apenas impressão ou realmente vi, por um breve segundo, uma expressão de profunda preocupação no rosto do primeiro imediato?

– Fiquem atentos, marujos. Todos vocês, e não apenas aqueles que estiverem de vigia no cesto da gávea! – gritou Ahab apontando para a plataforma elevada que unia os três mastros do *Pequod*. – Fiquem atentos para um cachalote macho e albino, de esguicho tão alto que molha o céu!

Ahab pegou um martelo com Stubb e mancou com rapidez impressionante até o mastro da mezena. O *Pequod* balançava ao sabor das ondas, e pude notar o alívio do comandante ao firmar a perna artificial em mais um orifício. Novamente equilibrado, retirou do bolso uma moeda dourada.

– Este é um dobrão de ouro espanhol! – gritou Ahab. – Com ele, um marujo pode pagar todo o rum que conseguir beber! – Ahab posicionou a moeda lateralmente contra o mastro e desfechou nela uma martelada poderosa, cravando-a até a metade na madeira. Virando-se novamente para a tripulação, concluiu: – Será do homem que anunciar Moby Dick!

– Hurra! Hurra! Hurra! – bradaram os tripulantes.

– Marujos, o meu maior desejo é ver esse cachalote de barriga para o ar. E vocês vão me ajudar, não vão?

– Sim, comandante! – assentiram os marujos, eu entre eles.

– Nem que tenhamos de conduzir o *Pequod* até os confins da Terra?

– Nem que tenhamos de dar a volta ao mundo!

– Perfeito! – disse Ahab com um sorriso. – Soube que eram homens de fibra assim que os vi. Pip, distribua canecas! Cozinheiros, tragam um barril de rum! Vamos brindar à morte de Moby Dick!

E veio a bebida. A reunião se tornou uma festa enquanto os homens começavam a beber como não faziam desde seus últimos dias no porto.

– Comandante! – Tashtego, o índio arpoador, pediu atenção. – Esse cachalote branco é aquele que antes de mergulhar põe a cauda em leque, como uma vela rasgada durante uma tempestade?

– Sim! O desgraçado tem essa mania! Quando faz isso, todos podem ver os três buracos que ele tem na nadadeira caudal de estibordo!

– É o cachalote da testa enrugada? – interveio Queequeg.

– Exatamente, meu caro selvagem! – comemorou Ahab, brandindo a caneca. – Enrugado como a testa de uma sogra rabugenta. Já o viu?

Queequeg assentiu com a cabeça.

– Muitos arpões na pele do cachalote. Arpões enroscados como... como...

– Como saca-rolhas! – completou Ahab. – Sim, esse é o cachalote albino que os marujos batizaram de Moby Dick. O cachalote que...

– O cachalote que arrancou a sua perna?

De súbito, todos ficaram em silêncio. Ahab olhou ao redor, furioso.

– Quem perguntou?

Starbuck deu um passo à frente.

– Eu, senhor.

A expressão furiosa deu lugar a uma máscara de gelo.

– Sim, senhor Starbuck. Moby Dick *desmastreou* minha perna. Mesmo agora, sempre que fecho os olhos, posso vê-lo se agigantando diante do meu bote. Quando percebi que o maldito ia nos atingir, eu me atirei sobre ele, arpão em punho. Mas para quê? Para cair direto entre seus dentes. – Ahab estremeceu à lembrança da dor excruciante. – Depois disso, só lembro de acordar no meu camarote, sob os cuidados do cirurgião. Ele não acreditava que eu fosse sobreviver.

– Mas o senhor sobreviveu, comandante! – comentei. – Sinal de que é um homem forte!

Ahab se virou subitamente para mim.

– Como se chama, rapaz?

– I-Ismael, senhor.

– Sim, Ismael, sou um homem forte. Se não fosse, não estaria aqui, vivo e decidido a seguir aquele desgraçado pelos sete mares, se for preciso. E um dia... Ah, um dia farei Moby Dick jorrar seu sangue negro pelo espiráculo. Um dia terei a minha vingança!

9
A TERCEIRA PROFECIA

COINCIDÊNCIA OU NÃO, foi apenas depois do aparecimento de Ahab que notei a presença de uma figura sinistra a bordo. Um indiano alto e magro, sempre vestido com um turbante de um branco imaculado e uma túnica negra como a noite. Passava a maior parte do dia sentado no convés, com as pernas cruzadas, meditando. E ninguém, nem mesmo o rabugento Flask, ousava lhe incumbir qualquer tarefa.

Quando perguntei a um veterano quem era ele, a resposta me causou surpresa.

– É Fedallah. Faz parte da tripulação do bote de Ahab. É o arpoador. Mas não apenas isso. Fedallah também é seu adivinho pessoal.

– Adivinho? – repeti intrigado.

– Sim – disse o velho marinheiro. – Fedallah é versado em todos os mistérios do oculto. Lê as entranhas dos peixes e as estrelas do céu. Ahab não toma nenhuma decisão importante sem consultá-lo primeiro.

Essas palavras voltaram a despertar em mim uma profunda inquietação com o futuro. Lembrei-me da profecia do deus de Queequeg, de que eu escolheria o navio para nos levar ao nosso destino. Também me lembrei do sujeito maltrapilho no porto prevendo que Ahab conduziria todos nós ao inferno.

Às vezes, o desespero nos impele a atitudes que aos olhos dos outros parecem atos de coragem. Tenho certeza de que os marinheiros que passavam pelo tombadilho ficaram pasmos quando me viram sentar diante de Fedallah e falar com ele.

– Diga-me, Fedallah, sabe algo sobre meu destino?

Fedallah manteve olhos e boca fechados.

– E sobre o homem que comanda nossas vidas? – insisti. – O que você sabe sobre ele?

Fedallah abriu os olhos e me fitou com um castanho profundo.

– Já faz muito tempo que Ahab ouviu de mim que só a forca pode tomar sua vida.

– Mas não enforcamos homens no mar. – Pensei durante alguns instantes. – O que você quer dizer com isso? Que Ahab morrerá em terra e que, portanto, está seguro no mar? É isso?

Fedallah se limitou a me fitar com olhos vazios.

– E quanto a nós, seus seguidores? – inquiri. – Somos tão indestrutíveis quanto ele?

O indiano fechou os olhos, prosseguindo a meditação.

– Fedallah? – chamei-o baixo, mas ele não respondeu.

Nesse instante, um grito soou do cesto da gávea.

– Olhem lá, um jorro! – anunciou Tashtego. – Baleia à vista!

10
BAIXANDO OS BOTES

– TODOS A POSTOS! – comandou Ahab.

Tashtego desceu do cesto da gávea enquanto outro marinheiro subia pelos cordames para rendê-lo como vigia.

– A moeda de ouro é minha, senhor? – perguntou o pele-vermelha a Ahab enquanto pegava seu arpão.

– Apenas se o jorro for de Moby Dick! – asseverou o comandante. – Desfraldar velas!

Impelido por um vento forte e pilotado pelo melhor timoneiro a bordo, o *Pequod* avançou veloz em direção aos jorros.

Os botes de Flask e Stubb seriam baixados a estibordo. Queequeg, eu e mais três remadores tínhamos corrido para bombordo e agora estávamos sentados no bote de Starbuck, aguardando ordens. Ao notar que Starbuck enrugava a testa em preocupação, virei-me na direção em que ele olhava.

Ahab tinha embarcado no quarto bote, tendo Fedallah como arpoador e quatro filipinos como remadores. Com expressões vazias e olhos em transe, pareciam mortos que respiravam. Sem conseguir conter um arrepio, tornei a olhar para a vante do navio. Estávamos agora bem próximos do jorro.

– Baixar botes! – ordenou Ahab.

Em poucos instantes, eu estava remando em alto mar, saboreando a brisa no rosto e um gosto salgado na língua. Era o sabor da realização, concluí, porque me aproximava do objetivo pelo qual havia deixado a marinha mercante e embarcado no *Pequod*.

De súbito, emergiu da água, cabeça imensa apontada para o céu, vapor jorrando pelo espiráculo. Bem ali, perigosamente próxima, a baleia.

11
BATISMO DE FOGO

QUANDO NOTOU QUE aquela não era um cachalote, mas uma baleia azul, Ahab se manteve afastado, deixando que os barcos de seus imediatos investissem contra o cetáceo.

Flask foi o primeiro a se aproximar da baleia. Gritou furioso uma ordem para Tashtego, que ficou de pé na proa do barco e arremessou seu arpão. Mas o projétil, desviado pelo vento forte, passou longe do alvo.

Enquanto o índio puxava a corda para recuperar o arpão, o barco de Stubb se aproximou para o disparo. Com a tranquilidade de um caçador de marrecos, Stubb mandou Daggo tentar a sorte. O africano brandiu a arma, mas foi como se a presa pressentisse o perigo. A baleia se virou para golpear com a cauda poderosa o barco de Stubb. O impacto virou o barco, mas todos a bordo, com exceção de um dos remadores, conseguiram se segurar nas beiradas.

E agora a baleia estava fugindo.

Na direção do nosso bote.

Meu primeiro instinto foi remar para trás.

– Continuem avançando! – ordenou Starbuck. – Queequeg, prepare-se!

Mantivemos rota de colisão com a baleia.

– Agora? – inquiriu Queequeg, tensão inédita na voz.

– Só vamos ter uma chance! Espere até ver os olhos dela!

A baleia estava cada vez mais próxima, e eu continuava remando até ela. Meu Deus, em que ofício insano eu havia me metido?

– Calma, Queequeg – instruiu Starbuck. – Mire no olho e espere.

Ao longe podia ver Ahab no bote com a tripulação de mortos-vivos, meros espectadores de nosso drama.

Quando a cabeça da baleia já ocupava uma parte significativa de meu campo de visão, Starbuck instruiu:

– Agora!

Não sei se a mão de Queequeg tremeu ou se uma onda mais forte ergueu o barco, mas o arpão voou alto demais, atingindo o topo da cabeça da baleia para resvalar sem danos na pele oleosa.

E ela continuou vindo.

– Desviar! – gritou Starbuck. – Desv...

Num piscar de olhos, não havia mais barco. Apenas madeira despedaçada e seis corpos humanos arremessados ao alto.

12 DESILUSÃO

AFLOREI À SUPERFÍCIE CUSPINDO água salgada. Batia mãos e pernas na tentativa de me manter flutuando. Girando na água, vasculhei a vastidão líquida. Ao longe, vi Queequeg e Starbuck agarrados a um pedaço de madeira. Não tive como não invejá-los: estava afastado de qualquer destroço e não ia demorar muito a me cansar. Com certeza, morreria afogado.

Um bater de asas soou às minhas costas, baixo a princípio, mas aumentando progressivamente. Seriam os anjos descendo do céu para me buscar? Intrigado, virei-me na água e o susto quase me fez afundar de vez.

Não, não eram asas, mas o vento inflando as velas do *Pequod*, que se aproximava a uma velocidade vertiginosa. Depois de ser abalroado por uma baleia, eu estava na iminência de ser atropelado pelo meu próprio navio.

Comecei a nadar da melhor forma que sabia, desesperado por sair da frente do *Pequod*. A proa passou rente às minhas costas, e me virei, buscando onde segurar. Ao ver uma corda dependurada do convés, agarrei-a. Fui dragado pelo baleeiro que, compreendia agora, tinha por destino o destroço em que flutuavam Starbuck e Queequeg. O timoneiro não tinha me visto ou havia considerado que um remador de bote não era tão importante quanto o primeiro imediato e um arpoador.

As velas foram recolhidas e o navio começou a se mover mais devagar enquanto cabos eram lançados em direção ao destroço. Vendo que meus amigos também estavam em segurança, comecei a escalar a corda.

– Queequeg, esse tipo de coisa acontece muito? – perguntei minutos depois, bebendo rum fervido ao lado dos outros tripulantes do bote.

O selvagem se limitou a assentir com a cabeça. Sim, coisas assim aconteciam com frequência na vida dos baleeiros. Às vezes, o dia era da caça. Como hoje, quando uma baleia azul nadava feliz enquanto o *Pequod* estava desfalcado de um bote e um dos tripulantes de Stubb.

Se uma baleia de porte médio como aquela era capaz de tanto estrago, o que aconteceria quando nos deparássemos com Moby Dick? E se até o prudente Starbuck podia perder um bote, o que o obstinado Ahab seria capaz de fazer com o *Pequod* em nome de sua vingança?

– Pip! – chamei pelo menino de entregas. – Traga-me papel e tinta. – O garoto saiu correndo para acatar o pedido. Virei-me para Starbuck. – Senhor, pode me dar a honra de assinar como testemunha em um documento?

– É claro, Ismael – respondeu Starbuck, ainda batendo os dentes. – Do que se trata?

– Meu testamento.

Pip retornou com papel e tinta. Em poucos minutos, o documento estava redigido e assinado por mim e por Starbuck.

– Está feito, Queequeg – disse ao meu amigo. – Caso eu não retorne de uma das nossas expedições, os meus míseros pertences ficarão para você.

O flerte com a morte havia esgotado em mim toda esperança de durar muito nessa vida de baleeiro.

13 ESTRANHOS NA NOITE

A DERROTA CONTRA A BALEIA azul abalou os ânimos de todos. Depois de várias semanas no mar, nossas caldeiras ainda não tinham provado carne de baleia.

Já havia quem se arrependesse de ter embarcado no *Pequod*, suspeitando que essa viagem estivesse amaldiçoada. Eu era um deles.

Mas Stubb tentou levantar nosso ânimo, lembrando-nos que, ao passar pelo cabo da Boa Esperança, entraríamos numa área altamente favorável à caça de baleias.

Cabo da Boa Esperança? Definitivamente um nome nada adequado, ao menos para nós, os azarentos do *Pequod*. Ali enfrentamos uma borrasca terrível, que inclinava vertiginosamente o casco e fazia os mastros arderem com fogo de santelmo, a chama azulada que brilha mas não queima.

Durante todo o tempo em que o clima nos foi desfavorável, Ahab assumiu o comando. No tombadilho, sob chuva e granizo, a perna de osso de baleia cravada num buraco de broca, Ahab ignorava os três oficiais enquanto tratava diretamente com os marujos. Sinceramente, acho que não teríamos sobrevivido sem aquelas ordens experientes.

Assim que acabamos de cruzar o cabo, o tempo abriu, brindando o *Pequod* com um sol agradável e brisas gentis.

Decidindo que podia nos deixar novamente sob a gerência dos imediatos, Ahab voltou a se enfurnar no camarote. Eu o imaginava debruçado sobre mapas e antigos diários de bordo, tentando adivinhar as rotas mais prováveis das baleias identificadas em viagens anteriores. Ou, como era mais provável, apenas de um determinado cachalote albino.

Certa noite, fui acordado pelo grito do vigia.

– Olhem, um jorro!

Levantei num pulo e subi correndo ao tombadilho. Lá estava Ahab, de pé diante da amurada, o olhar aguçado por uma luneta. Seguindo a direção para a qual Ahab apontava o instrumento, não precisei de recurso ótico para ver o que o fascinava. Um esguicho prateado trespassava a lua cheia. Sim, aquele era um jorro de baleia que molhava o céu.

– Lá está ele, jorrando – disse Ahab entre dentes trincados. – Timoneiro! – gritou ao homem que manipulava o imenso maxilar de cachalote. – Para barlavento a todo pano!

Todos os marujos foram chamados a seus postos. Durante a noite inteira, perseguimos o jorro prateado, mas, ao raiar do sol, ele havia desaparecido tão misteriosamente quanto surgira.

– O maldito me enganou de novo – lamuriou-se Ahab. – Sr. Starbuck, diga ao timoneiro para manter o curso.

– Senhor, assim vamos nos afastar das ilhas Crozet – argumentou Starbuck, lembrando-lhe que as águas desse arquipélago eram ricas em baleias.

– Já ouviu as ordens, imediato – asseverou o comandante, retornando ao camarote.

Na noite seguinte, Ahab estava de novo no tombadilho, luneta correndo pelo horizonte.

– Navio à vista! – alertou o vigia.

– Também estou vendo – confirmou Ahab. – Timoneiro, leve-nos até ele.

Era outro baleeiro e parecia em condições ainda mais deploráveis que o nosso: esbranquiçado como a carcaça de uma morsa encalhada, com ferrugem raiando o costado em longos traços amarelos. Os marinheiros empoleirados nos postos de vigia pareciam abatidos e maltrapilhos.

– É o *Albatroz* – disse Ahab, baixando a luneta para pegar o porta-voz. – Ó de bordo! Aqui é o *Pequod*! Por acaso viram um cachalote branco?

O navio manteve silêncio enquanto nos aproximávamos. Um arrepio correu por minha espinha. Por que não respondiam? A lei do mar rezava que dois navios deviam trocar auxílio e informações quando se cruzassem.

– Gente do *Albatroz*, também somos de Nantucket! – insistiu Ahab. – Procuramos por uma certa baleia. Viram o cachalote branco conhecido como Moby Dick?

O *Albatroz* já estava acabando de passar por nós quando o seu comandante apareceu na amurada, porta-voz nas mãos. Mas o homem se atrapalhou e deixou o aparelho cair no mar. Pondo as mãos em concha, berrou alguma coisa. Mas as palavras foram carregadas pelo vento, e o *Albatroz* desapareceu como uma sombra na escuridão.

14
FATALIDADE

NUMA TARDE QUENTE e sufocante, o *Pequod* vagava pela parte mais enfadonha de todo o oceano Índico, onde não havia golfinhos, cardumes de peixes voadores nem quaisquer outros habitantes aquáticos para nos distrair. Aparentemente, também não havia baleias.

Estávamos ali apenas por causa do jorro que Ahab mais uma vez avistara na noite anterior. O jorro – ele jurava – de Moby Dick.

Sem nada para fazer, os oficiais estavam recolhidos em suas cabines e os marinheiros, deitados nas sombras disponíveis no tombadilho. Todos descansavam, menos eu e mais dois vigias, que perscrutávamos incessantemente o oceano.

Estava no mastro do traquete, encostado à vela. O navio me embalava com seu movimento leve e ondulante. Eu cabeceava de sono, o que pode ser fatal para quem está trinta metros acima do tombadilho. Súbito, uma forma no horizonte me acordou, salvando-me de perder o equilíbrio e cair para a morte. Entre o pavor e o alívio, encontrei fôlego para gritar:

– Baleia à vista!

Numa questão de segundos, o navio fervilhava.

– O que está vendo, Ismael? – gritou Ahab.

– Um cachalote a menos de quarenta braças, senhor!

– E devo presumir que o dobrão de ouro é seu? – inquiriu Ahab, ansiedade patente na voz.

– O cachalote é cinzento!

O silêncio repentino do comandante denotou sua decepção.

– Barcos ao mar! – gritou Starbuck. – Todos a postos!

Rendido por outro vigia, desci do mastro. Ao pisar no tombadilho, notei que Pip estava embarcando no bote de Stubb. O menino vinha insistindo em substituir o remador que se perdera no mar. Claro que isso fora motivo de piadas a bordo, porque Pip ainda não era forte o bastante para esse serviço. Entretanto, Pip insistira tanto que Stubb acabara por concordar em levá-lo como passageiro.

Logo os quatro botes estavam no mar, rumando até o cachalote. Desta vez, Ahab não se manteve afastado. Parecia inclusive decidido a nos ajudar a capturar a presa, e nos liderava de seu bote.

Com meu bote praticamente emparelhado ao de Stubb, podia ver a euforia no rosto de Pip, que não conseguia se manter quieto.

– Fique sentado, Pip! – gritou Stubb. – Se cair, não vou voltar para pegar você!

O grito de Stubb alertou o cachalote, que fez uma curva, afastando-se para sotavento. De seu barco, Ahab crivou um olhar severo no segundo imediato. Por sua vez, Stubb fitou Pip com uma raiva que eu jamais vira naquele rosto habitualmente bonachão.

Os quatro filipinos da tripulação de Ahab deviam ser os remadores mais velozes de todo o oceano. Graças a eles, Ahab conseguiu interceptar a trajetória da baleia, de modo que agora ela estava cercada pelos quatro botes. Quase ao mesmo tempo, Fedallah e Queequeg lançaram seus arpões contra o animal, atingindo-o nos flancos. O cachalote se contorceu e bateu em cheio a cauda poderosa na água. A onda resultante colidiu com o bote de Stubb no momento exato em que Pip se levantou para enxergar melhor o embate. Perdendo o equilíbrio, o menino caiu do barco.

– Socorro! – gritou Pip, debatendo-se na água.

Daggo, o arpoador africano de Stubb, preparou-se para mergulhar.

– Não, Daggo – asseverou Stubb. – Até o mais reles cachalote vale trinta vezes mais que aquele miserável.

Resignado, Daggo voltou a se concentrar na baleia. Em poucos instantes, ele e Tashtego também a haviam acertado.

Agora os quatro arpões estavam cravados na pele grossa do cachalote, cordas presas aos carretéis afixados aos nossos barcos. Para não ficarmos próximos demais do animal, que se debatia furiosamente em desespero e dor, desenrolamos os carretéis. Com as cordas esticadas ao máximo, o cachalote se viu menos refreado e começou a fugir.

– A ré, acelerado! – gritou Ahab.

Começamos a remar ferozmente para trás, mas o cachalote continuou a nos arrastar a uma velocidade que aumentava a cada segundo.

Olhando sobre o meu ombro, vi que Pip ainda se esforçava bravamente para se manter na superfície. Contudo, puxados pela baleia, nos afastávamos cada vez mais do menino. Voltei a olhar para a vante, um peso enorme no coração. Impossível não lembrar de minha própria experiência na água.

Durante minutos intermináveis, voamos sobre as ondas, até o cachalote, abatido pela perda de sangue, reduzir a velocidade. Nesse momento, o barco de Stubb era o mais próximo do animal. Por várias vezes, Daggo tentou atingir o cachalote com a lança de ferro, mas não teve sorte.

– Daggo, troque de lugar comigo! – ordenou Stubb.

O africano obedeceu, passando para a popa do barco enquanto o próprio Stubb assumia a posição do arpoador na proa. Movido por sorte, perícia, ou talvez uma urgência em pôr fim ao combate, Stubb desferiu um golpe certeiro contra o cachalote. Lança de ferro trespassada no coração, o animal emborcou inerte. Sua agonia chegava ao fim.

– Está morto! – declarou Stubb, prontamente olhando para ré. Pareceu ao mesmo tempo surpreso e aliviado ao notar um pontinho ainda flutuando ao sabor das ondas. – Rapazes, vamos resgatar aquele infeliz! – ordenou aos seus remadores.

Quando Daggo lhe jogou um cabo, Pip o agarrou com suas últimas forças. Contudo, uma vez de volta ao barco, ficou calado, dentes tilintando.

– Desculpe, garoto, mas eu o avisei – disse Stubb, genuinamente arrependido. – Ahab teria me comido vivo se perdêssemos a baleia por sua causa. – Sorrindo, Stubb fez um cafuné nos cabelos molhados de Pip. – Bem, quem sabe esse incidente não mete um pouco de juízo nessa cabeça oca?

Stubb não podia estar mais enganado. Acontecera alguma coisa com Pip enquanto permanecera no mar, vendo os quatro botes se afastarem, deixando-lhe como único companheiro o sol que lhe queimava os olhos. O Pip que voltou para o *Pequod* não tinha mais a mesma agilidade, a mesma expressão inteligente, nem parecia entender nada do que lhe era dito. Desse dia em diante, passou a ficar sentado no tombadilho, imóvel, olhos vidrados no mar, seu lar solitário pelo que parecera uma eternidade.

Estava louco.

15
HIENAS DO MAR

AHAB ORDENOU AOS FILIPINOS que remassem de volta ao *Pequod*, deixando os botes dos três imediatos com a tarefa de rebocar o cadáver formidável. E fizemos isso juntos: remadores, arpoadores e oficiais. Éramos dezoito homens aos remos, mas ainda assim precisamos de várias horas para cobrir a distância que nos separava do navio.

A noite caiu. Para iluminar a marcha, foram acesas três lanternas, posicionadas a diferentes alturas no mastro principal do *Pequod*. No castelo de proa, alguém segurava uma quarta lanterna. Ao nos aproximarmos, vimos que não era outro senão o próprio Ahab, inspecionando com severidade o nosso serviço.

Em menos de uma hora, a imensa massa de carne estava solidamente amarrada a estibordo do baleeiro, cauda para a proa e cabeça para a popa, conforme o costume. Mal havíamos subido a bordo quando ouvimos um vigia gritar:

– Tubarões!

Todos nos debruçamos na amurada. A luz da lanterna empunhada por Ahab revelou um bando de tubarões se espremendo em torno do cachalote morto, arrancando-lhe nacos de carne do tamanho de cabeças humanas.

– Arpoadores! – conclamou Ahab. – Desçam para espantar esses devoradores de caça alheia!

Queequeg, Tashtego e Daggo foram baixados ao longo do costado. Armados com compridas pás de corte, usadas para fatiar carne de baleia, puseram-se a desferir golpes contra os tubarões.

Meus olhos nunca tinham visto criaturas tão selvagens. Os tubarões reagiram estalando a mandíbula e chicoteando a cauda, num movimento frenético que revoltava a água numa densa espuma branca. Em seu furor, chegavam até mesmo a abocanhar uns aos outros.

Os arpoadores finalmente conseguiram espantar os tubarões, mas um dos peixes, gravemente ferido pelos próprios companheiros, permaneceu agonizando perto do costado.

– Carne de tubarão muito saborosa – disse Queequeg, e começou a organizar com os outros dois arpoadores uma forma de içar o peixe para bordo.

Coube ao próprio Queequeg fincar um gancho no tubarão. O que ele fez, apenas para descobrir que, apesar de quase morto, o peixe continuava feroz. O animal se revirou na água, abrindo a bocarra para meu amigo selvagem, que recolheu a mão, salvando-a por um triz de ser devorada. Furioso, Queequeg usou a pá de corte para desferir um golpe fatal.

– Que deus fez tubarão? O de Rokovoko ou o de Nantucket? – perguntou meu amigo, referindo-se a Yojo e ao deus cristão.

– Não sei, Queequeg – respondi. – Mas ele estava de mau humor nesse dia.

Quanto a nós, estávamos muito bem-humorados. Apesar da tragédia que se abatera sobre o pobre Pip, não conseguíamos conter o clima festivo. Depois de vários meses no mar, os baleeiros do *Pequod* haviam conquistado a primeira vitória.

Starbuck mandou o cozinheiro subir ao tombadilho com jarros de rum.

– Comandante, venha beber conosco! – convidou Starbuck ao ver Ahab se dirigir ao seu camarote.

– Isso mesmo, senhor! – concordou Flask. – Vamos comemorar o abate da primeira ratazana!

– Senhores, não me importa se apanharmos uma ou cem baleias – resmungou Ahab. – Meu coração não irá se alegrar enquanto Moby Dick permanecer vivo.

Dito isso, entrou em seu camarote e trancou a porta.

16
O FUNERAL DE UM CACHALOTE

A COMEMORAÇÃO SE ESTENDEU por toda a noite, e eu, seguindo o exemplo de vários companheiros, caí de bêbado, dormindo ali mesmo no tombadilho.

– Vamos, Ismael! – gritou alguém ao mesmo tempo em que senti uma dor aguda no flanco. Abri os olhos para ver Flask, silhuetado contra um sol ofuscante, chutando-me as costelas. – Só porque é sábado, acha que vai ficar de papo pro ar? Temos muito trabalho pela frente!

De fato, tínhamos. Naquela manhã, o *Pequod* seria transformado num imenso açougue. Quem nos visse reunidos ali no tombadilho, armados com grandes e afiadas pás de corte, poderia julgar que estávamos para sacrificar 10 mil touros aos deuses do mar.

Em primeiro lugar, um conjunto de roldanas e contrapesos pintados de verde foram içados e fortemente afixados ao mastro principal como um imenso cacho de uvas. Por esse mecanismo foi passado um cabo grosso, com uma das extremidades presa a um afiado gancho de ferro de uns cinquenta quilos, e a outra ligada a um guindaste.

Findos os preparativos, Stubb e Starbuck desceram para uma plataforma no costado, empunhando pás de corte de cabo comprido. Juntos, abriram no corpo do cachalote, logo acima da nadadeira peitoral mais próxima a eles, um buraco suficientemente grande para comportar o gancho. Em seguida, tracejaram um semicírculo acima do buraco. Assim que o gancho foi inserido, dez marinheiros, entoando em coro uma canção animada, puseram-se a girar a manivela do guindaste.

Quase instantaneamente, o velho baleeiro adernou, cada parafuso da estrutura rangendo como os pregos de uma casa mal-assombrada. A cada volta da manivela, o *Pequod* se inclinava mais, as ondas ameaçando se avultar sobre sua amurada.

De repente, um estalo soou alto como uma explosão, o *Pequod* se aprumou e o gancho começou a subir, levando consigo a ponta semicircular da primeira barra de gordura, uma massa cinzenta com consistência próxima à da carne bovina. Como um cetáceo é envolvido pela gordura da mesma forma que uma laranja pela casca, a operação estava apenas no início.

Ao passo que os marinheiros moviam a manivela, o cachalote girava sobre si próprio e a barra ia subindo, cada vez mais comprida, pingando sangue no tombadilho. A extração da primeira barra terminou quase no instante em que o guindaste chegou à altura do cesto da gávea, e os marinheiros pararam de girar a manivela.

Pouco depois, a barra de gordura sangrenta foi baixada para o tombadilho e um novo gancho foi cravado no corpo do cachalote. Os marinheiros voltaram a girar a manivela e o guindaste subiu, içando mais uma comprida fatia de gordura.

Enquanto esse procedimento prosseguia, arrancando do cadáver a terceira, quarta e quinta barra, uma segunda equipe estava no tombadilho, fatiando a gordura sangrenta. As fatias eram entregues a uma terceira equipe, da qual eu fazia parte. Carregando os pedaços de gordura nos ombros, descíamos por uma escotilha até um porão espaçoso. Ali, uma quarta equipe enrolava as fatias para armazenamento.

Ao cabo de várias horas de trabalho árduo, os marinheiros, ganchos, roldanas, guindastes e pás de corte haviam cumprido seu dever. A cabeça decapitada do cachalote permaneceria pendurada como um troféu no costado do *Pequod*, até que nós a abríssemos para extrair seu espermacete, com o qual são fabricadas velas. Afora isso, tudo que restava de seu corpo era uma colossal e disforme massa sangrenta.

– Arriem a carcaça! – ordenou Starbuck.

Largada ao mar, a carcaça foi arrastada pelas ondas e logo estava rodeada por tubarões e aves de rapina. Uma hora mais tarde, por volta do meio-dia, os restos não eram nada mais que uma mancha indistinta no horizonte, e um silêncio funéreo pairava no tombadilho do *Pequod*.

A paz foi quebrada por Ahab, que emergiu sem aviso de seu camarote e se debruçou na amurada.

– Fale comigo! – gritou Ahab para a imensa cabeça de cachalote, que, pendurada ali sobre águas plácidas, parecia a esfinge no deserto. – Você, que viu os pilares do mundo, os naufrágios e as criaturas das profundezas, sabe todos os segredos do oceano. Vamos, fale comigo. Dê-me uma pista. Aponte onde ele está!

Como em resposta ao apelo de Ahab, o vigia gritou:

– Navio à vista!

17
QUASE IRMÃOS

– Ó DE BORDO! – gritou Ahab ao navio que se aproximava. Estava de pé em seu bote suspenso na amurada do *Pequod*, porta-voz na mão e perna de osso de baleia apoiada na proa, como se quisesse exibi-la.

Agora o outro navio estava próximo o bastante para que pudéssemos ver a bandeira no mastro e o nome na proa. Era o baleeiro inglês *Sammuel-Enderby*, cuja amurada seu comandante pulou para também pousar num bote.

– Salve, comandante! – cumprimentou Ahab. – Por acaso viu um cachalote branco?

Com a mão esquerda, o comandante inglês levou seu porta-voz à boca.

– E o senhor, já viu isto? – retrucou, erguendo o braço direito, que, como a perna de Ahab, também terminava numa prótese de osso de baleia.

Ahab arregalou os olhos.

– Santo Deus! – Virou-se para trás e correu os olhos pelos marinheiros reunidos à amurada. – Fedallah, venha para o bote. – Sua atenção recaiu sobre mim. – Você também, Ismael. Preciso de seus braços. – Depois, virou-se de volta para o outro baleeiro, porta-voz à boca. – Permissão para visitá-los, senhor!

– Será um prazer, comandante!

Conduzi o bote de Ahab até o outro navio. Contudo, assim que alcançamos o baleeiro inglês, deparamos com uma dificuldade inusitada. Na sua agitação, Ahab esquecera que, desde a perda da perna, jamais subira a bordo de outro navio. Assim, fitou impotente o costado do baleeiro inglês, furioso com o fato de que os marinheiros debruçados na amurada parecessem esperar que seu visitante usasse a escada.

– Não se preocupe, comandante! – gritou o colega inglês de Ahab. – Temos uma solução!

Por um feliz acaso, poucos dias antes, os ingleses haviam extraído a gordura de uma baleia e ainda estavam com o guindaste armado. Os marinheiros baixaram o cabo até Ahab, que o segurou, plantando com firmeza o único pé na curva do gancho. Em menos de um minuto, o comandante do *Pequod* foi içado ao *Sammuel-Enderby*.

– Bem-vindos – saudou-nos o inglês. – Sou o comandante Boomer.

– Sou Ahab, e o prazer é todo meu! – E com sua rudeza habitual, acrescentou: – Boomer, juntemos nossos ossos! Cruzemos esse braço que será seu para sempre com esta perna que nunca poderá correr!

Com um sorriso melancólico, Boomer se agachou diante de Ahab e estendeu a prótese de osso de baleia formando um X com a de Ahab. Nesse momento, os dois homens se entreolharam com expressões solidárias, cientes de que eram irmãos de infortúnio.

– Diga-me, foi um cachalote branco que amputou o seu braço? – perguntou Ahab enquanto Boomer se empertigava.

– Sim. Um albino imenso, com o bico coberto de rugas e a barbatana de estibordo crivada de arpões.

– Os meus, com certeza! – afirmou Ahab, angustiado. Notei que, sem o recurso de dispor de um buraco para enfiar a ponta da perna de osso de baleia, Ahab precisava se segurar à amurada para não perder o equilíbrio a cada ondulação do mar. – É Moby Dick, o maldito que levou a minha perna. Mas como aconteceu?

– Estávamos na região equatorial e eu havia mandado baixar nossos botes para perseguir um cardume de baleias. Eram umas quatro ou cinco. Tinha acabado de arpoar uma delas quando um enorme cachalote albino emergiu à frente do bote. Foi muito estranho. Ele parecia furioso.

– Ele queria arrebentar a corda do arpão para soltar a baleia – deduziu Ahab. – Por mais estranho que possa parecer, Moby Dick faz isso. O maldito cetáceo é muito inteligente.

– Bem, não sei se foi isso que ele quis fazer – disse Boomer, parecendo cético. – O fato é que esse Moby Dick se enroscou na minha corda, libertando a outra baleia. E ali estávamos nós, sendo arrastados por aquele monstro. Arremessei meu arpão nele, mas nem pude ver se o atingi, porque, no momento seguinte, o cachalote abanou a cauda imensa, levantando uma onda de espuma que me deixou cego como um morcego. Tateei à minha volta em busca de um segundo arpão. Assim que pus a mão nele, eu o arremessei. Mas então a cauda gigantesca desceu sobre nós.

O comandante Boomer exalou um suspiro enquanto baixava os olhos para o convés.

– Tudo que aconteceu depois disso ficou marcado na minha memória de forma rápida e confusa, como um pesadelo. O nosso bote foi partido em dois, e enquanto meus companheiros se afastavam a nado, eu me vi com o braço enroscado à corda do arpão que cravara no corpo do animal. A dor era horrível, mas não chegava nem perto do pavor de ser arrastado pelo oceano a uma velocidade espantosa. E então o que mais temia aconteceu. O maldito mergulhou, levando-me junto. Eu estava indo para o fundo do mar!

Boomer, instintivamente, levou a mão esquerda ao coto do braço direito.

– Mas ele me puxou com tanta violência que a corda acerada abriu caminho pela minha carne. De repente eu estava livre e subi à tona, nadando com um só braço em meio a uma poça de meu próprio sangue!

– Ele se salvou por milagre – disse o oficial ao lado de Boomer, que se apresentou como o dr. Bruger, cirurgião de bordo.

– E quanto tempo faz que isso aconteceu? – inquiriu Ahab.

– Meses. Mas não foi a última vez que vimos o demônio branco. Já cruzamos algumas vezes com ele, e sempre faço questão de passar ao longe.

– Com os diabos! – exclamou Ahab. – É verdade? Pois eu estou perseguindo o maldito, mas ele sempre se esquiva. Faz duas noites desde a última vez que vi seu esguicho. Onde foi que o avistou pela última vez?

O comandante Boomer olhou para Ahab como se estivesse diante de um cachorro enraivecido.

– A-ainda esta manhã.

– Onde?

– A leste daqui.

– E não tentou arpoá-lo?

– Santo Deus, homem. Claro que não! O maldito cachalote já me tomou um braço. Por que vou querer lhe dar o outro?

– Leste, você disse? – Ahab se virou para a amurada e segurou a corda do guindaste. – Marujos, baixem-me imediatamente. Preciso alterar o rumo do *Pequod*. – Pisou no gancho de ferro. – Boomer, foi um prazer conhecê-lo. – E para mim e Fedallah: – Vamos, homens!

– O-o prazer foi meu – disse Boomer. Somente quando Ahab já havia desaparecido abaixo da amurada, o inglês se virou para Fedallah e perguntou: – Por acaso esse seu comandante é louco?

Fedallah se limitou a levar o indicador aos lábios, como quem pede segredo.

18
FUMAÇA NO OCEANO

OS BALEEIROS NORTE-AMERICANOS podem ser reconhecidos por comportarem grandes construções de alvenaria, verdadeiras anomalias no mar. São as caldeiras, imensas fornalhas de tijolo repousando sobre robustas bases de carvalho. As duas caldeiras do *Pequod* ficavam na parte mais espaçosa do tombadilho, entre o mastro grande e o do traquete. Com capacidade para várias toneladas de gordura de baleia, as caldeiras não têm chaminés, mas apenas aberturas nos topos.

Nas últimas semanas, a sorte definitivamente parecia ter mudado para os marinheiros do *Pequod*. Poucos dias depois de nosso encontro com o baleeiro inglês, havíamos abatido uma baleia azul, e menos de um dia antes, dado cabo de mais um cachalote. Assim, possuíamos agora em estoque a gordura de três baleias.

Na sétima noite desde o início de nossa jornada para leste, Stubb mandou chamar o cozinheiro e, pela primeira vez em nossa viagem, ordenou:

– Fleece, ponha lenha nas caldeiras!

Observei o velho cozinheiro abastecer as caldeiras com cepos de madeira.

– Isso vai lhe dar muito trabalho? – perguntei.

– Quase nenhum – respondeu Fleece. – O primeiro fogo eu tenho de acender com madeira, o que me deixa com uma dor nas costas desgraçada! – O velho negro se empertigou, mãos plantadas na base da coluna. – Mas depois mantemos o fogo com gordura seca. Ou seja, as próprias baleias fornecem o combustível da sua destruição!

À meia-noite, os arpoadores se puseram a jogar fatias de gordura nas fornalhas fumegantes. As caldeiras começaram a expelir densas e fedorentas colunas de fumaça enquanto rapidamente liquefaziam a gordura no precioso óleo que era o motivo pelo qual todos nós estávamos no mar.

Ou melhor, quase todos nós, corrigi-me ao correr os olhos para a popa. Porque ali, perna artificial fincada num dos buracos feitos a broca, estava Ahab, olhando fixamente para o dobrão de ouro fincado no mastro da mezena.

Decerto estava se perguntando quando chegaria o dia em que um marinheiro iria reclamar o prêmio por ter avistado o grande cachalote albino. O monstro que parecia invencível a ponto de muitos o julgarem imortal.

Foi então que me dei conta. Pela primeira vez em mais de um ano, teríamos muitos barris de óleo de baleia e espermacete em nossos porões. Em breve, seria a hora de fazer a viagem de regresso, durante a qual, se tivéssemos sorte, esbarraríamos em mais baleias, prosseguindo nosso trabalho até o *Pequod* aportar em Nantucket abarrotado de riquezas.

Mas isso significaria desistir daquele que era o único e verdadeiro motivo pelo qual o comandante Ahab estava aqui, sofrendo, a cada ondulação do oceano, a dolorosa fricção do toco da perna direita no membro artificial de osso de baleia. Sua vingança contra Moby Dick.

19
REUNIÃO NO OLIMPO

É NATURAL QUE um mero mortal queira saber que destino os deuses lhe reservam. Assim, não me julgue mal quando confessar que, ao ver Starbuck bater à porta de Ahab, fui arrumar o que fazer perto do camarote do comandante.

– Senhor, temos um problema – escutei Starbuck dizer enquanto eu começava a esfregar as tábuas do convés.

– Prossiga, imediato. – A julgar por seu tom, Ahab provavelmente nem se dera ao trabalho de se virar para Starbuck, preferindo se manter debruçado sobre seus mapas.

– A borrasca de ontem nos causou prejuízos. Os tonéis de óleo se soltaram do casco e rolaram pelo porão, batendo uns nos outros. Está tudo uma lambança de dar pena. Todo o nosso óleo está derramado pelo porão.

– Recolha o óleo para barris novos – disse Ahab no mesmo tom.

– Estamos fazendo isso, mas vai demorar. O problema é que, agora mesmo, estamos perdendo óleo por um vazamento no porão. Precisamos consertá-lo.

– Consertar um vazamento? – rugiu Ahab, e o imaginei voltando-se furioso para Starbuck. – Para isso teríamos de parar em pleno mar, por... quanto tempo? – Ele se calou enquanto fazia um rápido cálculo mental. – Uma semana? Quer nos fazer desperdiçar uma semana?

– Se não fizermos nada, corremos o risco de perder, em poucos dias, toda nossa carga de óleo. Foi para isso que percorremos 20 mil milhas?

– Não, não foi para isso.

– Então foi para quê, comandante?

– Você sabe muito bem para quê! – vociferou Ahab.

– Devo lembrá-lo, senhor, que os seus interesses podem não ser os mesmos que os dos proprietários do *Pequod*?

– Danem-se os proprietários! – Ahab se levantou, e pude ouvir a perna de osso de baleia martelar o convés enquanto ele se movia pelo camarote. – Eles podem mandar em terra, mas no mar eu sou o dono e senhor do *Pequod*!

Ao olhar em torno, notei que vários marinheiros haviam aparecido com baldes e esfregões e, mantendo uma distância bem menos ousada que a minha, já me ajudavam na limpeza. O tombadilho ia ficar lustroso como nunca.

– Não questiono isso, senhor. Mas preciso cumprir meu dever como primeiro imediato. E meu dever é ajudar o senhor a zelar pelo sucesso desta viagem. Assim como o seu dever é...

– Não ouse me dizer qual é o meu dever, Starbuck! – esbravejou Ahab.

Durante alguns instantes, não se ouviu um único sussurro dentro do camarote. Resistindo a espiar pela escotilha, tive de recorrer à minha imaginação para visualizar os dois homens fitando um ao outro, trocando ameaças silenciosas. Finalmente, Ahab quebrou o silêncio:

– Starbuck, você é um bom rapaz, e um dia será um grande comandante. E eu seria um idiota se não desse ouvidos a um homem racional como você. Vá, mande baixar velas e lançar a âncora. Mas quero esses reparos prontos o mais rápido possível.

– Há mais uma questão, senhor.

– Starbuck... – A voz de Ahab soou baixa, mas num tom que aconselhava o primeiro imediato a não abusar da sorte.

– Já é hora de pensarmos em iniciar a viagem de regresso.

– Não, não é hora.

– Nosso objetivo está quase cumprido, senhor. E os homens começam a sentir saudades de casa.

– Casa? – Ahab riu, melancólico. – Desde minha primeira viagem, não devo ter ficado, ao todo, mais de três anos em terra. Quando penso em tudo de que tenho me privado durante esses anos! Sabe, Starbuck, eu tinha passado dos cinquenta quando me casei e, no dia seguinte, já estava de volta ao mar. Minha mulher, pobre criatura, é viúva de um marido vivo.

– Também tenho esposa, senhor. E um filho. Comandante, permita que eu volte a olhar nos olhos deles. Quero beijar minha esposa, ver o quanto meu filho cresceu. Por favor, senhor. Vamos consertar o vazamento e voltar para casa.

– Quanto aos reparos, já disse que concordo – disse Ahab, acrescentando num sussurro que quase me foi inaudível: – Já voltar para casa... ainda não é hora.

– Mas, comandante! – Agora Starbuck soava exaltado. – Aquilo que o senhor procura lá fora é apenas um animal. É normal matar um animal quando precisamos de sua carne. Mas por vingança... é sacrilégio!

Do lado de fora do camarote, ouvi uma cadeira ser arrastada. Ahab devia ter voltado a sentar-se à mesa.

– Já tem suas ordens, senhor Starbuck.

– Por favor, comandante, é mesmo tão indispensável matar aquele cachalote?

– Está dispensado, imediato – asseverou Ahab.

Os outros marinheiros atrás de mim se dispersaram depressa, mas, quando saiu do camarote, Starbuck me flagrou agachado no chão, esfregando uma tábua que refletia como um espelho as minhas bochechas vermelhas de vergonha.

– Ouviu tudo, Ismael? – perguntou-me Starbuck, expressão desolada no rosto magro. – Então já sabe. Se há alguém em terra que você ame, tente não esquecer seu rosto. Porque tão cedo não o verá de novo.

20
O MORIBUNDO

PARTE DOS REPAROS no porão teria de ser realizado sob o casco, tarefa que foi incumbida aos nossos melhores mergulhadores, entre eles meu amigo selvagem. Os primeiros quatro dias de trabalho transcorreram sem incidentes, mas durante o quinto a temperatura caiu, e uma ventania gélida fustigava o *Pequod* quando Queequeg retornou para bordo.

Na manhã seguinte, o *Pequod*, de âncora içada e velas cheias, prosseguia curso para leste, onde o cachalote albino fora avistado pela última vez. Mas, apesar de a temperatura ter subido para um patamar ameno, Queequeg acordou ardendo em febre. Em poucos dias, estava reduzido a tatuagens e ossos.

– Queequeg morre – disse-me o selvagem num fio de voz.

Assenti com a cabeça, coração pesado de tristeza e até mesmo de culpa, pois seu destino fora escolhido por mim.

– Ismael sabe como sepultam marinheiros em Nantucket?

– Não é lá que usam canoas em vez de caixões?

Queequeg assentiu com a cabeça.

– Na ilha de Queequeg também é assim – disse ele. – Mas lançamos canoas no mar, para onda levar guerreiros até onde o oceano beija a noite. Porque as estrelas são ilhas, como Rokovoko. Ilhas no céu.

– É um nobre costume, Queequeg.

– Canoas de Nantucket muito lindas. Lembram botes dos baleeiros. Ismael manda carpinteiro fazer canoa para Queequeg?

Como madeira e tempo de trabalho são dois dos recursos mais preciosos a bordo de um navio, precisei encaminhar o pedido de Queequeg a Starbuck que, por sua vez, o comunicou a Ahab.

O comandante não pestanejou. Ordenou prontamente que Smut, nosso carpinteiro, fosse tomar as medidas do moribundo para atender ao seu último desejo.

Smut tinha em estoque algumas tábuas de cor escura, provenientes de várias árvores cortadas nas ilhas Lackaday durante uma viagem anterior. Com elas, pôs-se a fazer uma canoa robusta e elegante, de tamanho adequado para o transporte de um corpo deitado, tarefa que exigiu um dia de trabalho intenso. Assim que bateu o último prego, desceu à cabine dos marinheiros e se surpreendeu ao encontrar Queequeg ainda lúcido.

– Terminei a canoa. Estará ao seu dispor quando precisar dela.

– Queequeg precisa de caixão agora. Traga caixão.

Intrigado com mais um pedido exótico, Smut mandou descer a canoa, que seria idêntica a qualquer bote baleeiro, não fosse coberta por uma tampa.

Queequeg também pediu que lhe trouxessem seu arpão, o qual foi desmontado para que seu ferro e haste fossem alojados no caixão juntamente com um remo. Mas as exigências não terminaram aqui. Queequeg mandou colocar no caixão alguns biscoitos, uma garrafa de água e, na altura em que ficaria sua cabeça morta, um travesseiro. Por fim, pediu que, no fundo do caixão, fosse posto, como suporte para seus pés, um saco de lodo misturado com pedaços de madeira podre do porão. Findos os preparativos, faltava apenas um detalhe.

– Deitem Queequeg no caixão! – ordenou o selvagem.

Os marinheiros que estavam na cabine se entreolharam tensos. Será que Queequeg queria que nós o atirássemos ao mar enquanto ele ainda vivia?

Mas não reclamamos. Queequeg foi deitado no caixão, segurando sobre o peito o pequeno ídolo que representava Yojo.

– Fechem tampa.

O caixão foi fechado, tendo sido mantido aberta apenas a pequena escotilha na altura do rosto de Queequeg. Mas, em vez de pedir para ser lançado à água, Queequeg mandou que puséssemos o caixão sobre a cama.

Ali ficou, completamente imóvel e calado, como se já estivesse morto. E muitos de nós já julgavam que estivesse.

Na manhã seguinte, acordei com o barulho da tampa do caixão tombando no piso de madeira. Levantei sobressaltado e deparei com Queequeg sentado na canoa mortuária.

– Bom dia, Ismael.

De imediato, o selvagem subiu ao tombadilho para se apresentar ao dever, como se nunca houvesse adoecido. E juro que, naquele dia, não havia ninguém mais saudável e bem disposto em todo o *Pequod*.

Por favor, não me compreenda mal, não se tratou de uma ressurreição. Depois de ter tomado todos os preparativos para morrer, Queequeg simplesmente se lembrou de que ainda tinha muito que fazer, e que para isso precisava continuar vivo. Quanto ao caixão, virou um belo baú para seus pertences.

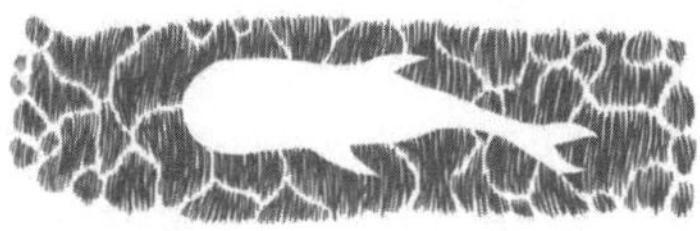

21
O RAQUEL

QUANDO O *PEQUOD* PASSOU pelas ilhas Bachi e um infinito tapete de ondas plácidas se desenrolou à minha frente, tive certeza: nenhum outro oceano me encantava mais que o Pacífico. Uma espécie de mistério pairava nessa encruzilhada de todas as águas da Terra. Tendo o Índico e o Atlântico como meros apêndices, e banhando não apenas as Américas, mas também a Ásia e a Oceania, o Pacífico abraçava o mundo.

– Navio à vista! – anunciou o vigia.

O *Raquel*, um baleeiro de grande tonelagem, aproximava-se a toda vela. Estranhamente, parecia ter quase todos os tripulantes trepados nos mastros. O comandante apareceu no castelo de proa e levou o porta-voz à boca.

– Comandante Gardiner! – gritou Ahab, sem dar tempo ao colega para falar. – Aqui é Ahab, de Nantucket. Por acaso viu um cachalote branco?

– Sim! – respondeu o comandante do *Raquel*. – E você, Ahab, viu um bote à deriva?

– Como era o cachalote? – inquiriu Ahab, ignorando a pergunta de Gardiner.

O *Pequod* lançara âncora, mas o *Raquel* continuava em movimento, de modo que começava a passar lentamente por nós. Os costados dos dois baleeiros agora estavam tão próximos que podíamos notar a expressão abatida de seu comandante.

– Ontem à tarde, enviei três dos nossos botes para combater algumas baleias. Os botes estavam a umas quatro ou cinco milhas do navio quando um cachalote enorme, de bico enrugado, emergiu entre eles, permitindo que as outras baleias escapassem.

– Moby Dick, sem dúvida! – exclamou Ahab.

O comandante Gardiner começou a caminhar ao largo do navio, para se manter frente a frente com Ahab enquanto prosseguia a narrativa.

– Mandei descer o quarto bote, que se lançou em perseguição ao cachalote branco. Fiquei a bordo, contando apenas com as informações passadas pelos vigias nos mastros. O arpoador do bote conseguiu atingir o cachalote.

– Eles o mataram? – perguntou Ahab, preocupado.

– Não. O cachalote saiu arrastando o bote a uma velocidade louca. Então ele mergulhou, levando o bote junto. Se os tripulantes sobreviveram, estão perdidos no mar. – Gardiner suspirou, desolado. – Como a noite estava caindo, mandei que os outros botes retornassem. Viramos a madrugada procurando pelos náufragos, mas não encontramos nenhum sinal deles.

Com o *Raquel* em movimento, o comandante Gardiner agora alcançara o castelo de popa, pedindo num tom de desespero ampliado pelo porta-voz:

– Ahab, venha me ajudar. Se seguirmos rotas paralelas em círculo a algumas milhas um do outro, aumentaremos as chances de achar os tripulantes do bote.

– Em que direção Moby Dick estava ao mergulhar?

– A oeste. E então, Ahab, virá conosco?

Ahab virou-se para seus tripulantes e ordenou:

– Içar âncora! Timoneiro, oeste!

– Ahab, não faça isso! – gritou Gardiner. – Tinha um grumete no bote. Um menino de onze anos, em sua primeira viagem. Meu filho, Ahab. Meu filho!

– Sinto muito, Gardiner, mas não posso me atrasar. Que Deus o proteja e me perdoe!

– Ahab, desista e venha nos ajudar! Ainda não foi forjado arpão capaz de matar aquele monstro! Ahab, me ajude a achar meu filho! Ahab!

Mas o comandante do *Pequod* já havia se afastado da amurada, e agora estava concentrado em nos dar ordens.

– Gardiner tem razão. Ainda não existe arpão capaz de matar Moby Dick. Ismael, vá chamar o ferreiro!

22
O ARPÃO

– PERTH, TENHO UM TRABALHO para você – disse Ahab ao nosso ferreiro de bordo. – Vá ao meu camarote e pegue meus talheres e minha navalha de barbear, que são feitos de aço da melhor qualidade.

– Mas não vai precisar deles, senhor?

– Não. Juro neste momento não mais comer ou me barbear enquanto não pegar Moby Dick! Meu caro Perth, quero que me faça um arpão tão afiado que cortará a carne daquele monstro como faca quente em manteiga, e tão sólido que quebrará cada osso pelo qual passar.

O ferreiro levou o material à forja no tombadilho do *Pequod*. Aquecendo o metal, moldou-o em forma de arpão e o soldou ao cabo. Por fim, preparou-se para dar têmpera à lâmina, o que se fazia mergulhando o metal em água.

– Espere, Perth! – exclamou Ahab, tendo acabado de ter uma ideia – Ismael, vá buscar meus arpoadores.

Em dois minutos, eu estava de volta com Queequeg, Tashtego, Daggo e Fedallah.

– Homens! – clamou Ahab. – Vocês, que são pagãos, estão dispostos a me dar sangue suficiente para temperar este arpão?

Os quatro arpoadores assentiram com a cabeça. Ahab abriu um pequeno corte no braço de cada um e os instruiu a, juntos, verterem sangue sobre o metal em brasa. Enquanto a seiva vital dos quatro homens evaporava no arpão incandescente, Ahab murmurou:

– Eu te batizo, não em nome de Deus, mas em nome do Demônio.

Em resposta à prece de Ahab, uma gargalhada arrepiante ecoou pelo tombadilho. Todos olhamos em torno, à procura de sua fonte.

Era Pip, o pequeno louco, que finalmente despertara de seu longo silêncio.

23
O CACHALOTE ALBINO

NAQUELA NOITE, Ahab fez vigília no tombadilho, caminhando de um lado para o outro enquanto farejava o ar como um perdigueiro.

– Sinto cheiro de baleia!

Os cetáceos possuem odor característico, que os baleeiros mais experientes se julgam capazes de captar na brisa. Todos nos pusemos a cheirar o ar, mas nenhum de nós sentiu nada além da maresia perene.

– E está cada vez mais forte! – insistiu Ahab. – Vigias, o que veem?

– Nada, comandante – respondeu Tashtego do cesto da gávea.

– Ismael, Queequeg! Quero que me icem ao joanete grande!

Amarrando Ahab a um conjunto de cabos e roldanas, Queequeg e eu o içamos a esse apêndice transversal do mastro mais alto do navio.

Foram tensos para todos nós os instantes em que Ahab, na ponta do joanete, perscrutava o mar com sua luneta. No tombadilho, eu e outros marinheiros nos entreolhávamos, pensando se nosso comandante não estaria imaginando coisas, tendo finalmente sucumbido por completo à loucura.

– Comandante... – começou a dizer Tashtego.

– Ali está, a jorrar! – bradou Ahab. – É Moby Dick!

– Sim, é Moby Dick – confirmou Tashtego.

Corremos para a amurada de estibordo, ansiosos por finalmente conhecer o cachalote pelo qual vínhamos procurando por todos os mares do mundo.

Os marinheiros que cruzaram com essa criatura não exageraram em seus relatos. Moby Dick era, com certeza, o maior animal marinho que eu já vira. Era tão grande que nem parecia um cetáceo, mas uma ilha coberta de neve, com um gêiser que espirrava um altíssimo jato de vapor a intervalos regulares. E, tal qual uma ilha, Moby Dick possuía fauna própria – um bando de pássaros marinhos pousados em seu couro albino.

– Fui o primeiro a ver Moby Dick! – gritou Ahab.

– Comandante, eu o avistei ao mesmo tempo que o senhor! – protestou Tashtego.

– Não, fui eu! E poderia haver justiça maior que essa? Que ninguém ouse retirar o dobrão do mastro, porque o prêmio é meu!

– Está abanando a cauda! – gritei, notando os três buracos na nadadeira de estibordo.

– Maldição, vai mergulhar! – bradou Ahab. – Abaixar velas! Timoneiro, prossiga até ele, bem devagar! Ismael, tire-me daqui!

Nervoso, desci o comandante rápido demais. A perna de marfim produziu um baque surdo ao se chocar com o convés, mas, se Ahab sentiu qualquer dor, nem chegou a percebê-la.

– O cachalote ainda não mergulhou, mas está se dirigindo para sotavento, comandante – informou Flask.

– Acho que ainda não nos viu, senhor – acrescentou Stubb.

– Excelente. Senhor Starbuck, baixe três botes e fique a bordo, comandando o navio. Todos a postos!

Em instantes, o bote de Ahab, tripulado por ele e Fedallah, e propelido pelos sinistros remadores filipinos, liderava as embarcações de Stubb e Flask numa investida contra o cetáceo branco.

Eu e Queequeg nos munimos de lunetas e corremos para nos juntar a Starbuck na amurada, sentenciados a acompanhar o confronto como meros espectadores.

– Estão vendo os arpões incrustados na pele do cachalote? – disse Starbuck. – Todos ficaram enroscados com o impacto. Não é à toa que Ahab mandou forjar uma lâmina mais afiada que o normal.

– Queequeg deveria estar lá – queixou-se o selvagem.

– Calma – disse eu ao meu amigo. – Console-se em saber que o arpão com mais chances de perfurar Moby Dick foi batizado com seu sangue.

Os três botes cortavam as ondas com rapidez e silêncio, mas ainda faltava muito para alcançarem aquela ilha em movimento. Quando o cachalote pôs a cauda em leque, foi como se desse um sinal para que os pássaros alçassem voo.

– Vai submergir! – gritou Starbuck.

Num piscar de olhos, Moby Dick desapareceu no abismo do oceano, deixando uma espuma azul como única evidência de que estivera na superfície.

– Droga, agora vai passar uma hora inteira sem voltar à tona! – lamuriou-se Starbuck, decerto ansioso por ver Ahab consumar sua obsessão e permitir que voltássemos para casa.

– Botes mudando curso – anunciou Queequeg. – Acho que vão voltar.

– Espere! – exclamei. – Vejam, os pássaros! Eles não se dispersaram. Estão se mantendo em bando e voando na direção dos botes.

– Será que querem defender seu mestre? – O olho de Starbuck se arregalou por trás da luneta. – Meu Deus! Vejam a silhueta crescendo por baixo dos pássaros!

– É Moby Dick! – gritei. – Está investindo contra os botes!

Starbuck pegou o porta-voz.

– Comandante! – gritou o primeiro imediato, tão alto que me doeram os ouvidos. – Os pássaros seguem Moby Dick! O cachalote...

Não houve tempo. Moby Dick aflorou sob o bote de Ahab, envolvendo-o na bocarra. E o comandante do *Pequod* se viu entre dois feixes de dentes imensos.

– Meu Deus! – gritei impotente, enquanto o bote de Ahab era mastigado pelas mandíbulas de Moby Dick.

24
A ÚLTIMA PROFECIA

AHAB ESCAPOU POR UM TRIZ, caindo ao mar junto com seus companheiros enquanto o bote era triturado. Então, como se estivesse satisfeito por ter dado uma lição num velho inimigo, o cachalote mergulhou.

Enquanto os pássaros de Moby Dick se dispersavam em todas as direções, os dois botes remanescentes acudiram os náufragos, recolhendo primeiro Ahab, que, para se manter na superfície, debatia-se como louco agitando os braços e a única perna.

– Maldito animal traiçoeiro! – gritou Ahab ao ser içado de volta ao *Pequod*. – Atacou de surpresa, sem me dar tempo nem de arremessar meu arpão! – Olhou para cima. – Em que direção foi o último jorro?

– Norte, comandante!

– Siga esse curso, timoneiro! – E para toda a tripulação: – Senhores, abdico do meu prêmio. O ouro será do próximo homem que avistar Moby Dick!

Durante o resto do dia, Ahab manteve boa parte da tripulação empoleirada nos mastros do navio. Eu, que desenvolvera um pavor por ficar lá em cima por muito tempo, fiquei feliz em ser postado como timoneiro.

Durante a noite, meus temores foram justificados por um grito longo, seguido do som de um corpo rompendo a água.

– Homem ao mar! – anunciou alguém.

Do passadiço, vi Queequeg e Daggo correrem até a proa para desamarrar o pedaço de tonel que fazia as vezes de boia. Ele foi jogado ao mar, mas nenhuma mão emergiu para agarrá-lo.

Passado o momento de tristeza, tivemos de nos concentrar num assunto prático: o que empregar como substituto para a boia?

– Usar caixão de Queequeg – propôs meu amigo selvagem.

De fato, o caixão tinha tamanho para salvar umas três vidas. A peça de madeira foi trazida ao tombadilho e pendurada na amurada, mas não sem despertar a superstição de alguns marinheiros.

– É mau presságio, comandante – disse Starbuck a Ahab. – Mais um sinal para voltarmos.

– Só velhas acreditam em presságios. Quando os deuses querem anunciar qualquer coisa aos homens, falam em linguagem clara. – Virou-se para o indiano. – E você, Fedallah? Vê nesse esquife inspiração para uma de suas profecias?

– Sim – respondeu Fedallah, surpreendendo Ahab. – Antes de morrer, você verá dois caixões no mar.

– Mas você disse que só a forca pode tomar minha vida!

– A profecia anterior se mantém – asseverou Fedallah.

– E esse é um dos caixões? – Ahab apontou para a canoa funerária de Queequeg.

– Não. Os caixões portarão cadáveres.

Acompanhando a conversa enquanto manejava o leme de maxilar de cachalote, não tive como conter um arrepio. Não sabia o que aguardava por mim e Queequeg, mas nosso destino parecia cada vez mais próximo.

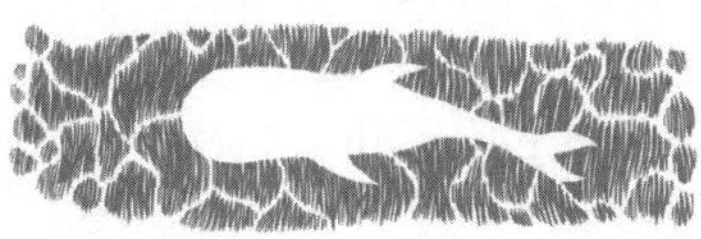

25
CAÇADA EM ALTO MAR

AO RAIAR DO SOL, os vigias nos mastros foram trocados. Ahab, entretanto, permaneceu onde passara a noite, em seu poleiro na ponta do joanete grande.

– Sinto o cheiro do desgraçado! – gritou Ahab. – Vigias, o que veem?

– Nada, comandante – responderam em coro.

Ahab farejou o ar.

– O cheiro sumiu. Estranho... É como se ele tivesse emergido apenas para espiar a superfície. – As feições de Ahab se deformaram numa expressão insana. – Claro! Agora é Moby Dick quem está me perseguindo! Não é à toa que ele atacou apenas o meu bote. O maldito quer me pegar!

– Senhor, os pássaros! – gritei da amurada. – A bombordo!

Ahab olhou para a lateral esquerda do navio.

– Estou vendo, Ismael! O mesmo bando, acompanhando seu mestre invisível! Timoneiro!

Quando estávamos bem perto dos pássaros, Moby Dick aflorou das profundezas num salto, desenhando um arco no ar para cair a poucos metros do *Pequod*. O impacto fez chover água salgada em nosso tombadilho.

– Insolente! – esgoelou-se Ahab. – Faz isso para me provocar! Imediatos, baixar botes!

Logo havia novamente três botes no mar, o de Starbuck substituindo o perdido. E eu, mais uma vez, permaneci na amurada, ao lado de Queequeg e do primeiro imediato.

Desta vez, Moby Dick não mergulhou. Assim que viu os três botes, investiu contra eles. Em segundos, alcançou os botes e pôs-se a chicoteá-los com a cauda.

Aproveitando a proximidade ao animal, Tashtego, Daggo e Fedallah arremessaram seus arpões, acertando Moby Dick quase ao mesmo tempo. Por um instante, o cachalote pareceu aprisionado pelas três cordas.

Apenas por um instante.

Moby Dick começou a se debater, embaraçando as três cordas para deixá-las mais curtas e os barcos mais próximos da cauda poderosa.

Ahab se preparou para arremessar seu arpão, mas mudou de ideia. Devia ter concluído que tudo estaria perdido se ele não se desenredasse de Moby Dick. Sacando uma faca, cortou a corda que ligava o arpão de Fedallah ao carretel na proa de seu bote.

Um segundo depois, Moby Dick rolou na água, envolvendo no corpo as duas cordas remanescentes para atrair para si os botes de Stubb e Flask. E quando os tinha bem próximos, precisou de um único golpe da cauda para virá-los como barquinhos de papel.

O movimento brusco rompeu ambas as cordas, de modo que Moby Dick não levou os botes ao mergulho no oceano. Mas os marinheiros das duas tripulações se debatiam freinéticos para não serem sugados pelo redemoinho espumante deixado pelo cetáceo.

– Remem com toda a força! – ordenou Ahab tão alto que o ouvimos da amurada do *Pequod*. – Precisamos resgatá-los!

Ao mesmo tempo, Starbuck já instruía o timoneiro a seguir em direção aos homens que se debatiam na água.

Quando Ahab estava bem próximo aos náufragos, foi novamente surpreendido por Moby Dick. Retornando à superfície pelo local exato em que desaparecera, o cachalote albino chocou-se contra o bote de nosso comandante. O bote emborcou, e seus tripulantes também caíram ao mar.

Num salto em espirais que me pareceu uma dança da vitória, Moby Dick voltou a mergulhar, deixando três barcos virados na água.

Logo depois, Ahab era içado ao *Pequod*.

– Ele brinca comigo! – vociferou enquanto pousava sentado no convés. – O maldito levou a minha outra perna!

Baixei os olhos, temendo descobrir que Ahab perdera também a perna esquerda. Com alívio, vi que simplesmente quebrara o membro artificial. Mas, para um inválido que necessitava se mover numa superfície em ondulação constante, aquela era uma perda vital. Corri para ajudá-lo.

– Para onde ele foi? – perguntou-me Ahab enquanto passava o braço direito sobre meu ombro.

– Para sotavento, senhor.

– Timoneiro, corrija o leme! – Então, entre os marinheiros resgatados espalhados pelo convés, Ahab deu por falta de um. – Ismael, onde está Fedallah?

– Pensando bem, senhor, tenho impressão de que não o vi subir a bordo.

– Deve ter se metido em algum lugar para meditar. Flask, por desencargo de consciência, faça a chamada dos tripulantes.

Depois de correr o navio inteiro, Flask voltou com uma notícia angustiante. Dois tripulantes não estavam a bordo do *Pequod*, entre eles o indiano que era arpoador, adivinho e, provavelmente, a coisa mais próxima de um amigo que Ahab já conhecera.

26
À BEIRA DO ABISMO

– EM NOME DE TUDO que há de mais sagrado, desista dessa loucura enquanto nos resta tempo.

– Starbuck, posso ser um inválido que perdeu até a perna artificial, mas ainda sou o comandante deste navio.

Para comprovar suas palavras, tomou uma pá de corte como bengala e convocou os tripulantes ao castelo de proa.

– Por dois dias seguidos aquele demônio subiu à superfície – declarou ao grupo reunido de costas para a amurada. – Veio nos humilhar como homens e marujos, e matar muitos dos nossos companheiros. Hoje ele vai aparecer também, sinto isso nos meus ossos. – Olhou para Starbuck. – Há quem diga que devemos perdoar nosso algoz e voltar para Nantucket com o que o oceano nos deu. E vocês, o que acham? Devemos aceitar a derrota e ir para casa, ou ficar e nos vingar?

– Vamos nos vingar, comandante! – vociferou Flask, ao que Stubb e vários marujos concordaram com meneios de cabeça.

– Então repitam comigo, homens: vingança!

– Vingança!

– Morte a Moby Dick! – bradou Ahab.

– Morte a Moby Dick! – repetimos.

Que poder emanava desse homem, atraindo-nos como moscas para as chamas de nossa própria destruição? Eu estava repetindo aquelas palavras de ordem quando uma nova expressão no rosto de Ahab me instigou a olhar para trás.

Um jato de vapor se erguia a menos de uma milha do *Pequod*, como se nosso rival nos desafiasse a um último duelo.

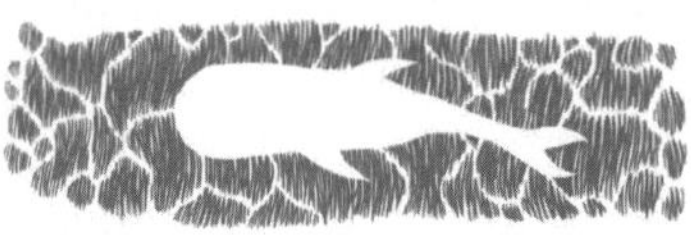

27
HORROR NO MAR

QUEEQUEG E EU ESTÁVAMOS no bote de Ahab, substituindo Fedallah e o remador filipino que também desaparecera durante o último confronto. Assim que contornamos a proa do *Pequod*, ouvimos Starbuck gritar:

– Comandante, retorne! Tubarões!

Uma procissão de barbatanas cinzentas acompanhava nossos três botes.

– É bom sinal, Starbuck! Estão ansiosos por provar carne de cachalote!

Troquei um olhar com o filipino que remava ao meu lado. Sabíamos muito bem com que carne aqueles peixes esperavam se refestelar.

– Rapazes, lembrem-se da profecia de Fedallah – tranquilizou-nos Ahab. – Como só a forca pode tomar minha vida, não vou morrer no mar. Estarei vivo quando levar vocês à vitória contra Moby Dick!

Como um ator atendendo à deixa, o cachalote emergiu à vante do nosso bote. O corpo imenso, salpicado de lanças e arpões, estava agora também coberto por um emaranhado de cabos.

– São as nossas cordas! – comemorou Ahab. – Elas vão restringir seus movimentos!

O cachalote branco começou a dar meia-volta, e por um momento julguei que estivesse fugindo de nós. Mas o animal queria apenas nos exibir seu outro flanco. Num piscar de olhos, toda a confiança emanada por Ahab deu lugar a um longo grito de desespero.

Preso ao flanco de bombordo de Moby Dick, estava um corpo descorado, olhos quase fora das órbitas e boca aberta numa súplica emudecida.

Fedallah.

Moby Dick mergulhou, e Ahab se manteve fitando o mar vazio, como se ainda pudesse ver o corpo do indiano.

– Comandante? – perguntou Queequeg a Ahab, buscando instruções.

– Então Moby Dick é o primeiro caixão – sussurrou Ahab. – E Fedallah, o cadáver que ele comporta.

– Senhor, veja! – gritei, apontando para trás.

O mar se encrespava entre os botes dos imediatos e o nosso. Então Moby Dick emergiu num salto de mais de trinta metros, para mergulhar novamente, gerando uma poderosa onda circular.

Antes que me desse conta do que acontecera, eu estava rodopiando debaixo d'água, sem saber em que direção ficava a superfície. Ao recuperar a estabilidade, vi um enorme tubarão se aproximando veloz. Fugi com todas as minhas forças, aflorando ao mesmo tempo que um colega filipino. Ao ver que o bote miraculosamente não emborcara, nadamos até ele, o tubarão em nosso encalço. Alcançamos juntos o bote, mas o braço de Queequeg se estendeu para me ajudar. Enquanto subia para bordo, vi o peixe alcançar o filipino, que mal teve tempo de gritar antes de ser tragado para as profundezas.

Ahab estava na proa, gritando para os outros dois botes:

– Retornem! Não preciso mais de vocês!

Os botes de Stubb e Flask pareciam ter sofrido mais danos e perdas humanas que os nossos. Ambos estavam fazendo água enquanto os tripulantes sobreviventes remavam desesperados de volta para o navio.

Enquanto os botes eram içados ao *Pequod*, permanecemos no mar, com Ahab vasculhando o oceano com a luneta até avistar, milhas adiante, o jorro de Moby Dick.

– Starbuck! – gritou Ahab no porta-voz. – Siga-nos a uma distância razoável!

Starbuck se limitou a acatar a ordem, provavelmente compreendendo que seria inútil levantar qualquer protesto.

– Vejam como está mais lento – observou Ahab.

Era verdade. Será que o salto deixara o cachalote fatigado? O fato é que agora Moby Dick estava quase parado na água, como se estivesse adormecido.

Senti um puxão violento no remo, e por pouco não o perdi.

– Comandante, os tubarões estão mordendo nossos remos! – informei.

– Ótimo! Usem suas bocas como apoio, que nos moveremos mais rápido. Veja, estamos perto. Sim, chegou o momento. Queequeg, assuma meu lugar ao leme. Ismael, ajude-me.

Com cuidado para não cairmos na água e direto naquelas bocas vorazes, passei para a proa junto com Ahab e ali o amparei, mantendo-o estabilizado enquanto ele mirava seu arpão. Assim que chegamos ao alcance de disparo, Ahab arremessou a lâmina batizada com o sangue de quatro arpoadores.

O arpão atingiu o cachalote, penetrando sua carne mais profundamente do que qualquer outra arma já o fizera. Despertado pela dor, Moby Dick começou a fugir.

– Remem a ré! – ordenou Ahab. – Vamos rebocar o maldito!

Contudo, Moby Dick não estava tão debilitado quanto parecia. Numa questão de segundos, em vez de rebocá-lo, éramos nós que estávamos sendo arrastados pelo monstro.

– Homens, preparem suas lanças. Vamos espetar o desgraçado assim que ele parar!

Mas Moby Dick não parou. Desenhou uma curva majestosa e começou a nadar cada vez mais rápido na direção da qual tínhamos vindo.

A direção do *Pequod*.

28
VINGANÇA

ENFURECIDO PELA DOR, Moby Dick resolvera retaliar não contra Ahab, mas contra seu navio. Como o cabo do arpão cravado em seu couro estava amarrado ao nosso barco, o monstro nos arrastava enquanto investia veloz contra o *Pequod*.

– Remem para trás, meus filhos! – bradava Ahab. – Remem!

Mas eu, Queequeg, e os dois filipinos sobreviventes remávamos em vão. Agora já estávamos bastante perto do *Pequod* para ver as expressões aterrorizadas dos marinheiros reunidos na amurada de estibordo. Starbuck dava ordens ao timoneiro enquanto Tashtego e Daggo subiam aos postos de observação nos mastros.

De nossa posição privilegiada, vimos Moby Dick abalroar o casco do *Pequod*. Com a força que nos arrastava parando de súbito, fomos chicoteados violentamente contra o costado do navio. O impacto arremessou Queequeg e o filipino ao mar, mas eu e Ahab conseguimos nos manter na proa do bote.

Poucos metros à nossa frente, Moby Dick estava engasgado ao casco do *Pequod*. Por um momento, pareceu-nos que o cachalote iria morrer ali. Mas então, em mais uma demonstração de sua força extraordinária, soltou-se do navio, deixando um rombo imenso no casco. E o *Pequod* começou imediatamente a soçobrar.

– Meu navio... – murmurou Ahab. – É o segundo caixão, e meus homens, os cadáveres que ele comporta.

Moby Dick voltou a se mover, arrastando-nos consigo. Quando o cachalote pôs a cauda em leque, anunciando o mergulho, Ahab tomou da lança de ferro.

– Não, seu maldito, isto não vai acabar assim! Vou perfurar sua carne até cuspir meu último suspiro em você!

Estávamos ligados a Moby Dick por uma corda. Uma ponta dela estava presa ao arpão cravado no cachalote, a outra ponta estava num carretel em nossa proa. Com um estalo alto, a corda arrebentou, soltando-se do carretel para subir veloz como um chicote, atingir-me com força no peito e se enrolar no pescoço de Ahab. Enquanto eu caía ao mar, Ahab, enforcado pela corda de seu arpão, decolava da proa do bote.

Debatendo-me na água, olhei o caos que me cercava. Enquanto os marinheiros se atiravam do *Pequod*, Queequeg tomara a atitude oposta, escalando o costado do navio. Agora subia num dos mastros, imitando Daggo e Tashtego, que já estavam no topo dos outros dois. Em torno do navio, nadava Moby Dick, seguido no ar por seus pássaros e arrastando atrás de si o corpo enforcado do comandante Ahab.

Pode ter acontecido em segundos ou em minutos. Talvez até não tenha ocorrido exatamente como me recordo. Mas a última imagem que tenho da tragédia é do *Pequod* afundando com três imediatos no castelo de proa, três arpoadores nos mastros, Pip dando gargalhadas enlouquecidas na amurada, marinheiros se afogando e sendo devorados por tubarões à minha volta, e Moby Dick nadando veloz em torno de tudo aquilo, gerando um redemoinho formidável.

Finalmente, o gigante mergulhou, levando o corpo de Ahab para as profundezas, mas deixou o redemoinho, para o qual tudo começou a ser tragado: destroços, cadáveres, marinheiros ainda vivos.

E eu.

Começava a aspirar água e perder os sentidos quando, com o canto dos olhos, vi a única coisa que flutuava íntegra nas águas – o caixão de Queequeg.

Agarrei-me a ele com a última energia que me restava. O redemoinho continuou girando, inicialmente rápido e vertiginoso, e então cada vez mais devagar. Depois do que pareceu uma eternidade, a mortalha de água se fechou e me descobri flutuando suavemente no caixão, a espuma baixando até restar apenas um mar sereno ao meu redor e o séquito alado de Moby Dick pairando entre as nuvens.

29
DESTINO

POR DOIS DIAS, o caixão flutuou em águas plácidas. As aves de rapina não desciam do céu azul, e os tubarões deslizavam à minha volta, inofensivos como se estivessem amordaçados. No crepúsculo do segundo dia, avistei um navio. Era o *Raquel*, ainda vagando como uma mãe desesperada em busca dos filhos, para encontrar apenas um órfão.

O CONDE DE MONTE CRISTO

Alexandre Dumas

Adaptação de Sylvio Gonçalves

ALEXANDRE DUMAS, pai.

Francês, nasceu em Viller-Cotterêts, em 1802, e morreu em Paris, em 1870. Foi um homem de espírito turbulento, apaixonado pela vida boêmia, por viagens e aventuras. Apesar de ter se casado em 1840 com a atriz Ida Ferrier, teve pelo menos três filhos com outras mulheres. Um deles, batizado com o mesmo nome, também se dedicou à literatura, sendo conhecido como Alexandre Dumas, filho.

Famoso e bem remunerado por suas atividades, o escritor vivia além de suas posses e, para quitar suas dívidas, envolvia-se em inúmeros projetos. Há centenas de obras de sua autoria (foram catalogadas 177 após sua morte). Astuto divulgador do próprio talento, criou um estúdio de produção de peças teatrais, romances, novelas de folhetim (impressas em capítulos nos jornais), críticas e ensaios. Mesmo contando com dezenas de colaboradores, o resultado final sempre recebia sua atenta apreciação.

Iniciou a carreira em 1829 no teatro, com a peça Henrique III e sua corte. *Entre seus romances históricos, destacam-se* Os irmãos Corsos *(1841), a trilogia dos três mosqueteiros (*Os três mosqueteiros *– 1844 –,* Vinte anos depois *– 1845 –,* Visconde de Bragelonne *– 1847 –, do qual faz parte* O homem da máscara de ferro*),* O quebra-nozes *(1844) e* A tulipa negra *(1850).*

Em suas inúmeras viagens pela Europa, conheceu a Rússia e a Itália, países que retratou em livros e ensaios. Conta a lenda que estava no mar, ao lado do sobrinho de Napoleão, quando passavam pela ilha de Monte Cristo. Na ocasião, afirmou que a usaria como cenário e, desse modo, surgiu a ideia para um de seus romances mais populares, O conde de Monte Cristo *(1844). Trata-se de uma história sobre injustiça e vingança, em que o imperador Bonaparte figura como o estopim das desventuras do protagonista, Edmond Dantès, um marinheiro ingênuo que aceitou conduzir uma carta do desterrado ex-imperador até Paris.*

Edmond foi acusado de traição e preso sem julgamento no castelo d'If, onde ficou por muitos anos. Conheceu ali um abade que tinha um plano de fuga e, enquanto a concretizavam, percebeu que fora traído. Os comparsas da traição foram seu melhor amigo, Fernand Mondego, que desejava ficar com sua noiva Mercedes, o colega Danglars, que disputava com ele o posto de capitão de navio, e o juiz de Villefort, cujo pai era um dos conspiradores comprometidos pela carta de Napoleão.

O protagonista de O conde de Monte Cristo *ilustra a máxima "A vingança é um prato que se come frio", porque leva vinte anos para se vingar dos inimigos. Sua saga o tornou um dos mais populares personagens da literatura mundial. Esse é um feito até mesmo entre os livros de um escritor prolífico como Alexandre Dumas, traduzido para mais de cem idiomas, inspirando o cinema com mais de duzentas adaptações de suas obras e seduzindo sempre as novas gerações.*

1
O PRISIONEIRO

TENDO NASCIDO nos últimos anos do século XVIII em Marselha, uma importante cidade costeira na França, era natural que Edmond Dantès sentisse atração pelo mar. Ainda menino, engajou-se no navio mercante *Faraó*, no qual sua ferrenha dedicação o fez subir de posto em posto até chegar a primeiro imediato.

Quando o comandante do *Faraó* faleceu em plena viagem, Edmond não hesitou; pôs a tripulação sob suas ordens e conduziu o navio de volta ao porto de origem, chegando dentro do prazo e com a carga intacta. O proprietário da companhia ficou tão grato que decidiu manter Edmond no comando. E assim, graças à segurança proporcionada pelo novo salário, Edmond propôs casamento à sua amada, a doce e bela Mercedes.

Grandes conquistas para um homem que mal completara vinte anos!

Mas os ventos da boa sorte pararam de soprar a favor do marujo. Soldados do rei invadiram a festa de noivado e prenderam Edmond diante dos olhos aflitos de Mercedes. Levado ao Palácio da Justiça, Edmond foi acusado por Villefort, o promotor público, de participação num complô para restituir ao trono o imperador deposto, Napoleão Bonaparte. Segundo uma denúncia anônima, Edmond seria portador de uma mensagem secreta de Napoleão.

Atônito, Edmond admitiu ter aportado em Elba, ilha na qual o imperador se encontrava exilado. Embora tenha reconhecido que o próprio o incumbira de entregar uma carta a um destinatário em Marselha, negou participação em qualquer espécie de complô.

Para o alívio de Edmond, Villefort decidiu que o transporte de uma simples carta não era prova cabal de traição, e o declarou inocente. Mas, antes de dispensá-lo, perguntou se a mensagem já fora entregue. Edmond respondeu que ainda estava com a carta no bolso do casaco, e o promotor pediu para vê-la.

No instante em que Villefort leu o nome do destinatário, toda simpatia de seu rosto foi encoberta por uma máscara de frieza. Sem oferecer nenhuma explicação, ordenou o pronto encarceramento de Edmond na prisão d'If, onde deveria ser mantido até o fim de seus dias.

– Vingança! – berrou Edmond, acordando para ouvir a palavra ecoar nas paredes que o confinavam havia treze anos. Vingança contra o promotor público que o condenara sem direito a julgamento ou defesa. Vingança contra o homem, ou homens, que o haviam denunciado.

Tentava voltar a dormir quando escutou um som estranho, vindo de uma das paredes da cela. Raspões distantes e abafados.

Edmond levantou-se e espremeu a orelha na parede. Em poucos instantes, não tinha dúvida: a poucos metros de distância alguém escavava um túnel.

2
ENTRE PAREDES

O EDIFÍCIO EM QUE EDMOND passara os últimos treze anos ficava numa pequena ilha a dois quilômetros da costa de Marselha. A posição geográfica, aliada às paredes e ao piso de pedra dos cárceres, tornava o castelo da ilha d'If inexpugnável, o que não impedia eventuais tentativas de fuga. Como a que parecia acontecer naquele exato momento.

Bateu uma pedra três vezes na parede. Os ruídos cessaram. Repetiu a sequência. Por instantes intermináveis, o silêncio se manteve, até o soar de três baques surdos. Contato!

Munido de um caco de cerâmica, raspou a argamassa até desalojar um bloco. Então começou a retirar material do interior da parede – fragmentos de pedra de construção, gesso e cimento – até abrir uma lacuna grande o bastante para alojar seu corpo magro. Mas, agora, em que direção deveria cavar? Devido ao eco era difícil precisar a origem dos ruídos. Cerrou os olhos e se concentrou nos sons até decidir que chegavam de baixo.

Ao final da tarde, uma grande decepção: a ferramenta improvisada não mais mordia o solo. Apalpando o piso, verificou que atingira uma laje. Um obstáculo intransponível.

– Deus, por que me dá esperança pela manhã e desespero à noite?

Abafada como se viesse do túmulo, uma voz soou aos pés de Edmond:

– Quem fala de Deus e desespero na mesma frase?

Edmond não conseguiu segurar as lágrimas. Afora os monossílabos e grunhidos ocasionais que o carcereiro lhe dirigia, aquela era a primeira voz humana que escutava em mais de uma década.

– Edmond Dantès, marinheiro de Marselha, cela 34. Preso em 1815.

– Abade Faria, cela 27. Estou trancafiado quatro anos a mais que você. Diga-me, para onde dá a sua janela?

– Para um corredor.

– E o corredor?

– Para o pátio.

Edmond ouviu uma palavra pouco adequada a um membro do clero.

– Qual é o problema, abade?

– Cometi um erro de cálculo. Por falta de uma bússola, peguei o ângulo errado e vim parar a cinco metros de onde queria. Tomei a parede que você está escavando pela muralha do castelo.

– Mas a muralha dá para os rochedos que cercam a ilha!

– Tentaria mergulhar por cima deles até o mar. – O abade suspirou. – Mas agora está tudo perdido.

– Por quê?

– Meu filho, faz muito tempo que perfuro esta galeria. Levei quatro anos apenas para confeccionar umas ferramentas. E há dois raspo e escavo a terra dura. Agora estou velho. Não tenho forças para corrigir o percurso e completar o túnel.

– Pois tenho boas notícias para o senhor – exclamou Edmond. – Sou jovem, e força e determinação para sair daqui não me faltam. Juntos, conseguiremos escapar.

Um instante de silêncio, e então o abade declarou:

– Caro rapaz, você arrumou um sócio. Agora vá descansar. Teremos muito trabalho amanhã.

3
CHAMAS DA VINGANÇA

AO CABO DE VÁRIAS HORAS de trabalho conjunto, os dois prisioneiros arrebentaram a laje de pedra que os separava. Edmond recuou para a cela e aguardou ansioso. Pouco depois, emergiu da parede um tufo de cabelos brancos, seguidos por cabeça, ombros e finalmente um homem inteiro, com rosto magro e barba branca descendo até o peito. Parecia um centenário, mas, a julgar pela agilidade com que se levantou, não devia ter muito mais que sessenta anos.

– Diga-me, Edmond, que crime o pôs aqui? – perguntou o abade Faria.

– Nenhum. Pelo amor de meu pai e de minha idolatrada Mercedes, juro que sou inocente. E o senhor?

– Sinto decepcioná-lo, mas sou culpado. Meu crime foi querer todas as províncias da Itália unidas num grande império.

– Então o senhor liderou um golpe?

– Não, meu rapaz... escrevi um livro! – Um sorriso melancólico contorceu o rosto enrugado. – Sou hóspede deste castelo por causa das minhas ideias perigosas.

Edmond convidou o velho a sentar na cama, onde continuaram conversando, sempre à socapa.

– Se é inocente, por que está aqui? – perguntou o abade.

– Villefort, o promotor público, recebeu uma carta anônima que me acusava de ser portador de uma mensagem escrita por Napoleão.

– E era verdade?

– Sim. Mas eu era apenas um mensageiro, não um conspirador.

– E por que ele o condenou?

– Foi muito estranho. Villefort pegou o envelope, e assim que viu o nome do destinatário, mandou-me para cá.

– Hum... – o abade cofiou a barba branca. – Tive amigos em comum com Villefort. É um homem ambicioso. A quem era endereçada a carta?

– A um tal Noitier.

O abade desatou a gargalhar.

– Abade, silêncio – sussurrou Edmond. – O carcereiro pode ouvir.

– Desculpe, mas sua ingenuidade política é tanta que não resisti. Edmond, esse Noitier é justamente o pai de Villefort. Qualquer indício de uma associação com o imperador deposto colocaria em risco não apenas a vida do pai, mas também a carreira do filho.

– M-mas então... – balbuciou Edmond.

– Você era detentor de uma informação incriminadora. E é por isso, e apenas isso, que você está nesta solitária, isolado para sempre.

Desta vez, foi Edmond quem não se conteve, deixando escapar um selvagem grito de agonia. Comovido, o abade abriu os braços para acolhê-lo.

– Calma, meu rapaz, calma.

– Por causa daquele desgraçado, perdi tudo. Noiva, navio, liberdade. Por causa dele e de quem escreveu aquela denúncia!

O abade soltou Edmond e recuou para fitar seu rosto.

– Edmond, me perdoe – rogou o abade.

– Perdoá-lo? – indagou confuso. – Por quê?

– Por avivar o desejo de vingança que arde no seu coração.

4
TRÊS AMIGOS

NAQUELE MESMO DIA, Edmond e o abade Faria iniciaram a construção do novo túnel. O trabalho continuava árduo, mas agora era amenizado pela companhia que prestavam um ao outro.

– Agora você já sabe por que Villefort mandou prendê-lo sem julgamento. – O abade, acocorado, escavava à frente de Edmond. – Mas quem teria escrito a denúncia anônima?

– Passei treze anos me perguntando isso – respondeu Edmond, raspando a terra com o formão que o abade fizera a partir de uma das dobradiças da cama. – Tenho três suspeitos.

– Descreva-os – sugeriu Faria. – Assim poderemos considerá-los de acordo com os princípios da investigação policial: determinando se tinham motivo, oportunidade e arma para realizar o crime.

– O primeiro que me ocorreu foi Caderousse, um alfaiate que era meu vizinho. Ele nunca conseguiu esconder a inveja que sentia por meu sucesso. – Edmond se virou para passar uma caçarola cheia de terra para o velho. – A inveja pode ser razão suficiente para um homem querer destruir outro?

– E não foi por isso que Caim matou Abel? – O abade recuou de gatinhas até o túnel antigo, onde descartou a terra escavada. – Mas esse Caderousse era letrado? – perguntou enquanto devolvia a caçarola vazia.

– Analfabeto de pai e mãe.

– Então Caderousse tinha o motivo, que era a inveja de você, mas não a arma, que era a habilidade de escrever – deduziu o abade. – Isso já o elimina.

Edmond manteve silêncio enquanto considerava as palavras de Faria.

– Lembra que lhe disse que estava noivo? – perguntou afinal Edmond.

– Sim.

– Há muitos anos, Mercedes era cortejada insistentemente por um primo, um tal Fernand Mondego. – Edmond começou a raspar a terra com fúria, como se o estivesse apunhalando. – Esse cafajeste aproveitou minha última viagem para pedir a mão de Mercedes. Ela recusou, deixando claro que estava esperando por minha volta.

– Entendo. Com você preso, Mercedes poderia reconsiderar o pedido de Fernand. Esse homem teria condições de escrever a carta?

– Embora não fosse rico, sua família sempre prezou a educação. Sim, poderia ter escrito a carta.

– Fernand tinha a cobiça por Mercedes como motivo, e a alfabetização como arma. Mas sabia a respeito da carta do imperador deposto?

– Não.

– Então não tinha a oportunidade. E o terceiro suspeito?

– Danglars, o segundo imediato do meu navio, o *Faraó*.

– E com seu encarceramento...

– Tenho certeza de que o proprietário do *Faraó* o promoveu a comandante – disse Edmond. – Danglars estava comigo em Elba quando o imperador me procurou, era a única pessoa que sabia a respeito da mensagem para Noitier.

– Então Danglars tinha motivo, o comando do navio, e oportunidade, o conhecimento da mensagem de Napoleão – disse o abade, cofiando a barba branca. – Mas possuía arma?

– Danglars sabe ler e escrever, mas tem a letra tão ruim que seus diários de bordo chegam a ser ilegíveis. Por causa disso, eu sempre era promovido na frente dele.

Edmond escutou o abade exalar um suspiro melancólico.

– Lamento dizer, meu filho, mas nenhum dos seus suspeitos tem todas as condições necessárias para ter incriminado você.

– Foi uma conspiração engendrada pelos três – afirmou Edmond.

– E por que tanta certeza?

Edmond largou o formão e se virou para Faria.

– Porque na noite da minha festa de noivado, esses três homens, que não deveriam se conhecer, estavam sentados à mesma mesa, bebendo como velhos amigos.

5
CIÊNCIA

OS PRISIONEIROS ABRIAM o novo túnel usando o formão, uma perna de cadeira entalhada em forma de alavanca e um crucifixo de ferro cuja haste mais comprida fora amolada até se tornar parecida com o gume de uma faca. Todas essas ferramentas foram confeccionadas pelo abade Faria, assim como as velas de gordura de carne que iluminavam o túnel.

– Como o senhor aprendeu tanta coisa? – perguntou Edmond, observando o relógio de sol talhado no chão da cela do abade.

– Em Roma, eu tinha acesso a uma biblioteca com mais de 5 mil volumes. Posso recitar de cor obras de Plutarco, Dante, Montaigne, Shakespeare, Espinosa e muitos outros.

Edmond caminhou até a janela para olhar o fiapo de paisagem por trás das barras de ferro.

– Acho que o senhor trocaria toda essa ciência por armas que nos tirassem daqui.

– Edmond, o conhecimento *é* uma arma – afirmou Faria. – Não viu como um prisioneiro com noções de mecânica consegue fazer ferramentas de fuga? Da mesma forma, um assassino com rudimentos de química pode criar venenos imperceptíveis a qualquer exame. E, sabendo política e filosofia, até um homem de berço humilde pode se passar por nobre.

Por alguns instantes, Edmond refletiu sobre as palavras de Faria. Finalmente, virou-se para fitar o velho.

– Abade, o senhor poderia me ensinar tudo que sabe?

– Tudo que sei? – retrucou Faria, surpreso.

– Sim, senhor. Porque o conhecimento é uma arma que pode ser útil para mim.

– Compreendo... – disse o abade, observando Edmond como se adivinhasse seus pensamentos. – Meu filho, terei o maior prazer em lhe ensinar as cinco línguas vivas e tudo que um homem culto deve saber de matemática, física, química, história e filosofia.

– Acha mesmo que posso aprender tudo isso?

– Edmond, não há limites para o conhecimento que um homem pode adquirir, desde que disponha de perseverança, um bom professor e tempo. Já vi que perseverança não lhe falta, e eu, tendo sido tutor de príncipes, posso me considerar um bom mestre. Quanto ao tempo... – o abade exalou um suspiro melancólico. – A julgar pela extensão do túnel que precisamos cavar, calculo que teremos pelo menos dois anos para cuidar da sua educação.

6
O SEGREDO

QUINZE MESES DEPOIS, o túnel escavado pelos prisioneiros já estava bem próximo da muralha externa do castelo d'If. Nesse ritmo de trabalho, a obra estaria terminada antes dos dois anos previstos por Faria. O abade também fora modesto ao calcular o tempo necessário para a educação do pupilo.

Graças às suas viagens, Edmond já dominava o italiano e um pouco do grego moderno. Com esses dois idiomas, mais seu francês nativo, não tardou a compreender o mecanismo das outras línguas, e em seis meses já falava espanhol, inglês e alemão. Da mesma forma, a matemática de marinheiro lhe servira como base para o aprendizado das ciências exatas. Mas foi nas ciências políticas que encontrou sua paixão, tendo se tornado um ouvinte fervoroso das obras de Maquiavel, que o abade recitava ao pé da letra.

Certa tarde, Edmond estava sozinho, usando uma ripa para escorar uma parte do túnel, quando ouviu um grito de agonia. Quando emergiu na cela do abade, encontrou-o no chão, com a mão crispada no peito.

– Meu Deus! – exclamou Edmond. – O que houve?

– Meu coração...

– Vou chamar o carcereiro.

– Não! – protestou Faria. – Você apenas iria se expor. Este não é meu primeiro ataque, mas tenho certeza de que será o último.

– Mas...

– Por favor, não discuta. Tenho pouco tempo, e há algo que preciso lhe mostrar. Retire o pé direito da cabeceira da minha cama.

Edmond obedeceu, notando imediatamente que o cilindro de madeira era oco. Dentro dele havia uma folha de papel enrolada.

– Escute com atenção – disse Faria entre dentes cerrados de dor. – Fui secretário do conde Spada, o último membro de uma das famílias mais antigas da Europa. Como não tinha herdeiros, o conde me deixou sua biblioteca, a maravilhosa coleção de cinco mil volumes da qual lhe falei. Entre os livros, havia um antigo breviário que pertenceu a Guido Spada, um monsenhor do século XV. Quando comecei a ler o breviário, encontrei entre as páginas uma folha de papel, essa que você está segurando.

Edmond desenrolou a folha, mas não havia nada escrito nela.

– Achei que o papel era um marcador que sobrevivera à passagem dos séculos e o deixei ao lado do meu lampião. Aproxime-o de uma vela.

Edmond expôs com cuidado o papel ao calor de uma chama. Como que por mágica, letras ferruginosas despontaram na folha amarelada, compondo uma mensagem:

Roma, 25 de abril de 1498.

Meu caro sobrinho, monsenhor Guido Spada,

Acabo de ser convidado para jantar com o papa Alexandre VI e temo seguir o destino dos cardeais Crapara e Bentivoglio, que morreram envenenados por Sua Santidade.

Assim, venho, por meio desta, declarar a existência de uma riqueza que há gerações nossa família esconde da Santa Igreja. Trata-se de um baú contendo uma grande quantidade de diamantes e lingotes de ouro, totalizando 2 milhões de escudos romanos. O baú está escondido na ilha de Monte Cristo, a 25 milhas do arquipélago toscano, entre as ilhas de Córsega e Elba. Para encontrá-lo, você deverá desembarcar na enseada leste e caminhar em linha reta até às grutas. O baú está enterrado no fundo da segunda gruta.

Desejando para ti um futuro melhor que o meu,
Cardeal Cesar Spada.

– O cardeal foi vítima de assassinato político – disse o abade num fio de voz. – Seu sobrinho, monsenhor Guido, guardou a carta no breviário, mas logo depois também foi morto. Assim, o tesouro de Monte Cristo permaneceu esquecido até que eu achasse a carta, apenas dois dias antes de ser preso. Queria usar essa fortuna para espalhar o bem pelo mundo, mas é um sonho que morrerá comigo. Agora o tesouro é seu, Edmond. Use-o da forma que quiser, contanto que traga paz ao seu coração.

Após essas palavras, o abade morreu.

7
O ABISMO

O ABADE PARTIRA deste mundo deixando para seu filho adotivo uma quantidade imensa de conhecimento e riqueza. A grande ironia era que sua morte também impossibilitava a utilização desses recursos, porque, quando viesse retirar o corpo, o carcereiro iria descobrir a escavação. Então, Edmond só sairia dali no dia em que atirassem seu cadáver ao oceano, túmulo final de todos os prisioneiros do castelo d'If.

– Meu cadáver! – exclamou Edmond, entre vitorioso e chocado com a assustadora ideia que acabara de lhe ocorrer.

Não podia perder tempo. Empurrou a cama até a parede, ocultando a entrada da galeria. Foi até a porta e, imitando a voz rouca do abade, gritou. Meteu-se por debaixo da cama e ficou à espreita na boca do túnel. O carcereiro entrou na cela e agachou diante do corpo para sacolejá-lo. Não vendo reação, saiu para voltar minutos depois, trazendo um homem de sapatos bem engraxados que Edmond deduziu ser o diretor da prisão.

– Vai ter missa, senhor? – indagou o carcereiro.

– O capelão está viajando e só vai voltar daqui a uma semana. Embrulhe o cadáver. Quando tiver terminado a ronda do jantar, jogue-o no mar. – Saindo da cela, acrescentou: – Mas não o deixe cair nas rochas, que o fedor fica insuportável.

O carcereiro envolveu o corpo num saco de pano e trancou a porta ao sair. Edmond emergiu do esconderijo, retirou o abade do saco e o arrastou pelo túnel. O percurso foi lento e árduo, mas chegou ao seu cárcere a tempo de evitar suspeitas, pegando a tigela de sopa que sempre lhe era oferecida por uma portinhola. Então, deitou o abade na cama, despedindo-se com um beijo carinhoso na testa.

Edmond acabara de retornar à cela de Faria e de se empacotar no saco quando ouviu um rangido de porta seguido por passos. Rezando para não ser denunciado pelas batidas do próprio coração, entreviu pelo tecido rude dois vultos que se curvaram para segurar cada extremidade do saco.

– Para um velho, até que é bem pesado – queixou-se um carcereiro.

– Dizem que cada ano aumenta um pouquinho mais o peso dos ossos – retrucou o outro.

Rindo, começaram a se mover, conduzindo Edmond para fora da cela, através do corredor, e finalmente, escada acima. A brisa do ar noturno reafirmou a promessa de liberdade. Os carcereiros deram uns cinquenta passos, o som das ondas nos rochedos aumentava cada vez mais. Finalmente, deitaram o saco no chão. Edmond precisou se esforçar para se manter imóvel enquanto os carcereiros remexiam alguma coisa. Quando sentiu uma corda ser amarrada em seus calcanhares, compreendeu que pretendiam largá-lo no oceano amarrado a um peso, na certa uma bola de ferro. Então os homens o levantaram.

– No três – disse um deles.

– Combinado – retrucou o outro. – É um...

Começou a ser embalado para frente e para trás.

– É dois...

Respirou fundo.

– É três!

Por um segundo, Edmond pareceu flutuar no vácuo, sensação substituída pela vertigem da queda. Num estrondo, rompeu a superfície líquida, mas não teve tempo de agradecer à sorte por ter escapado das rochas. Com uma bola de ferro amarrada aos pés, afundava no oceano com a inexorabilidade de uma âncora.

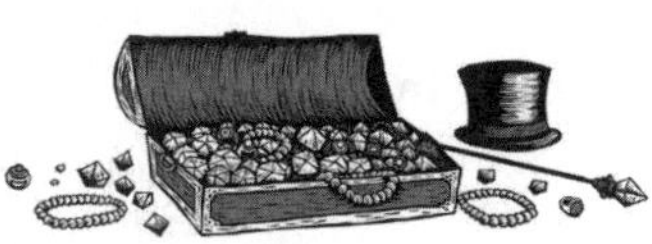

8 NÁUFRAGO

SACANDO O CRUCIFIXO DE FERRO que o abade transformara em faca, Edmond abriu o pano e cortou a corda. Livre da bola de ferro, aflorou à superfície. O céu estava nublado, mas a lua cheia por vezes despontava entre as nuvens, pintando o mar de tons prateados. Quando a fuga fosse descoberta, os guardas disparariam canhões para alertar os moradores de Marselha. Assim, teria mais chances de não ser capturado se nadasse até as ilhas de Tiboulen ou Lemaire.

Ao nascer do dia, estava exausto. Nadando sem descanso havia seis horas, começava a duvidar se chegaria a terra firme. Por duas vezes, estivera perto de perder os sentidos e temia não acordar ao sentir novamente a água salgada entrando nas narinas.

No exato instante em que sua visão começou a anuviar-se, julgou ver a silhueta de um navio. Arregalou os olhos, atento. Sim, era uma pequena embarcação, que apenas o olhar experiente de um marinheiro identificaria como uma tartana genovesa. Começou a nadar até o barco, rezando para que não mudasse de curso. Ao cabo de meia hora, a tartana já se agigantava em seu campo de visão. Com as forças que lhe restavam, gritou por socorro antes de perder os sentidos.

Acordou com uma bebida forte ardendo na garganta.

– Calma – disse em italiano um homem segurando uma garrafa. – Está tudo bem. – Meu nome é Jacopo. E o seu?

– Edmond. – E acrescentou em italiano: – Meu navio afundou.

Além de Jacopo, estavam na tartana outro jovem marinheiro e, ao leme, um homem mais velho em trajes de comandante.

– Era tripulante ou passageiro? – perguntou o comandante.

– Marinheiro, senhor. E navegador de mão cheia.

– Estamos mesmo precisando de um – Jacopo disse ao comandante.

Um ronco ecoou pelo céu, espantando as gaivotas do mastro da embarcação.

– Foi um tiro de canhão? – perguntou o comandante, parecendo preocupado.

– Foi – confirmou Jacopo. – Acho que veio do castelo d'If.

– Um prisioneiro deve ter fugido – o outro marinheiro comentou distraído.

Os três homens se entreolharam, intrigados. Seria possível?... Edmond abriu a boca para suplicar piedade, mas foi interrompido pelo comandante.

– Tenha calma, rapaz. Se é marinheiro e criminoso, saiba que foi resgatado pelo barco certo. – O comandante abriu um sorriso cheio de orgulho. – Somos piratas!

9
O ROSTO

NAS SEMANAS SEGUINTES, Edmond redescobriu não apenas a liberdade, mas também o prazer de se fazer útil a bordo de uma embarcação. A viagem sem incidentes entre França e Itália foi em parte mérito de sua perícia como timoneiro.

– Lamento que não queira continuar conosco – disse-lhe o comandante.

– Obrigado, senhor, mas tenho assuntos pendentes a tratar.

– Entendo.

O comandante virou-se para Jacopo, que se preparava para desembarcar junto com Edmond e disse:

– E você? Está mesmo decidido a trocar a vida de pirata por um trabalho honesto?

– Sim, senhor. O problema vai ser achar um que pague tão bem.

Edmond segurou sua bolsa. Graças à recompensa generosa que recebera do comandante, teria condições de executar o primeiro passo de seu plano.

Momentos depois, Edmond e Jacopo caminhavam por Gênova, em meio aos berros dos feirantes e o martelar das carruagens nos paralelepípedos.

– Que barulho infernal! – queixou-se Jacopo.

– Depois de tanto tempo isolado, é música para meus ouvidos.

– Ainda não me disse como foi parar na prisão.

– Não, eu não disse. – Edmond fitou Jacopo por um instante. Nas últimas semanas, só descobrira motivos para confiar no jovem. – Jacopo, preciso de alguém que vá a lugares aonde não posso ir e que realize serviços diversos sem fazer perguntas. Quer trabalhar para mim?

O italiano explodiu numa gargalhada.

– E com que dinheiro vai me pagar?

– Acredite, tenho fundos suficientes para viver como um homem rico – garantiu Edmond. – O problema é que esses fundos estão numa ilha no arquipélago toscano.

– Então era por isso que você estava em If – disse Jacopo com uma piscadela marota. – Afanou algum ricaço?

– O dinheiro é meu por herança, mas está tão bem escondido quanto o produto de um roubo.

Jacopo deu de ombros.

– Bem, vamos procurar um barco para alugar, patrão.

– Você se importa de passarmos primeiro numa barbearia? Preciso fazer um teste.

– Que espécie de teste?

– Quero saber se sou capaz de reconhecer uma pessoa.

Acostumado a atender marujos que regressavam depois de meses no mar, o barbeiro não se acovardou diante do emaranhado de fios que cobria o rosto de Edmond. Quando finalmente terminou a operação, pegou um espelho e o segurou para que o cliente se visse.

Edmond entrara no castelo d'If como um jovem de rosto redondo e coração inocente. Mas o homem que o fitava do espelho tinha rosto comprido, cabelos prateados, boca marcada por linhas resolutas e sobrancelhas encimadas por uma comprida ruga de preocupação. A pele, por tanto tempo privada dos raios solares, trocara o bronzeado latino pela palidez de um nórdico. Além disso, também transparecia uma espécie de transformação espiritual. Os olhos negros alternavam a opacidade da tristeza com o brilho do ódio, e a ciência adquirida com o abade deitava um manto de sabedoria na face.

Com certeza, Edmond era incapaz de reconhecer a si mesmo.

– Então, como estou?

– Poderia se passar por um nobre – disse Jacopo, impressionado.

– Sim – concordou Edmond, ainda se olhando no espelho. – Um nobre.

10
A ILHA

EM JUNHO DE 1829, poucos meses depois de escapar do cativeiro, Edmond desembarcou de um bote em Monte Cristo. O ex-prisioneiro jogou sobre o ombro o saco com seu equipamento, acenou para Jacopo – que ficara de guarda na tartana alugada – e iniciou a árdua subida até as grutas no alto da ilha.

A conselho de Jacopo, viera munido de uma espingarda e de um chifre de pólvora. Mas, ao se aproximar do cume, olhou em torno e concluiu que a precaução fora desnecessária: afora um punhado de cabras pastando murtas e aroeiras, Monte Cristo era completamente desabitada.

Edmond encontrou a entrada da segunda gruta obstruída por uma rocha imensa, calçada tão solidamente que não poderia ser movida por nenhuma força humana. Mas, em vez de esmorecer diante do obstáculo, o ex-prisioneiro sorriu. Os fundamentos em engenharia aprendidos com o abade lhe seriam úteis, afinal de contas.

Edmond escavou uma pequena vala a partir da base da rocha e a encheu com um pouco de pólvora. Em seguida, enrolou a pólvora restante num lenço, cujas extremidades amarrou com força. Por fim, recuou vários metros, acendeu o pavio improvisado e o arremessou na vala.

A explosão ainda zumbia em seus ouvidos quando a fumaça dissipou-se. A rocha se movera coisa de meio metro, espaço suficiente para lhe dar passagem. Acendeu uma tocha e entrou. Como os longos anos de cárcere haviam habituado seus olhos à escuridão, não teve dificuldade em percorrer o solo acidentado. Depois de caminhar por alguns minutos, chegou ao fundo da gruta. Segundo a carta de Spada, o tesouro, se é que realmente existia, estava enterrado sob seus pés. Fincou a tocha no chão e se pôs a desferir golpes de picareta em pontos diferentes do solo. Ao quinto ou sexto golpe, ouviu o repicar de ferro contra ferro.

Tomado por ânimo selvagem, pôs-se a trabalhar naquele ponto e, ao cabo de vinte minutos, desentranhou um grande baú de carvalho ornado com o relevo metálico de uma espada sobre um escudo oval. Precisaria da ajuda de Jacopo para mover o baú, mas não podia esperar nem mais um segundo para ver seu conteúdo. Depois de quebrar a fechadura com um golpe de picareta, levantou a tampa.

O baú era dividido em três compartimentos. O primeiro armazenava moedas de ouro. O segundo, lingotes de ouro não polido, que nada possuíam de atraente além de seu valor. O terceiro estava cheio até a borda com toda sorte de pedras preciosas. Foi nesse compartimento que Edmond enterrou as mãos e as levantou, derramando entre os dedos uma cascata de pérolas, rubis e diamantes.

Urrou de alegria até ficar rouco. Não era a riqueza em si que lhe causava euforia, mas o que poderia fazer com ela. Ajoelhou-se diante do baú e, tendo por testemunhas apenas as entranhas rochosas de Monte Cristo, renovou os votos de vingança contra os quatro homens que aniquilaram sua vida.

11
MÁS NOTÍCIAS

A PRIMEIRA AQUISIÇÃO de Edmond com seus novos fundos foi o iate em cuja amurada agora estava debruçado, admirando o horizonte de Marselha. Seria uma bela visão, não estivesse a ilha d'If empoleirada em um canto como uma ave de mau agouro. *Homens ricos não vão para a prisão*, disse aos seus botões. Ainda assim, suspirou de alívio ao ver Jacopo retornar em seu bote, depois de passar o dia inteiro em terra firme.

– Jacopo, como está meu pai? – perguntou ansioso assim que seu funcionário subiu a bordo.

– Edmond, sinto muito. Ele não vive mais.

Edmond suspirou resignado. Não acalentara grandes esperanças de que o velho Dantès houvesse resistido por mais uma década e meia.

– E quanto a Mercedes?

– Ela e seus parentes deixaram Marselha há uns doze anos. Ninguém sabe que fim levaram.

Edmond respirou fundo para se fortalecer antes de inquirir:

– O que descobriu sobre aqueles quatro senhores?

– Ninguém sabe nada sobre Villefort, Fernand Mondego ou Danglars. Só tenho informações sobre o seu antigo vizinho.

– Caderousse.

– É dono de uma estalagem na estrada que liga Bellegarde a Beaucaire.

– Ao menos é uma pista. Jacopo, quero que alugue uma carruagem. Pegaremos a estrada para Beaucaire imediatamente.

12
A ESTALAGEM

– JÁ VOU! – gritou o estalajadeiro, abrindo a porta para deparar com um homem em hábito de sacerdote e rosto coberto por capuz. – Entre, Vossa Reverendíssima. É sempre uma honra receber membros do clero.

O sacerdote entrou no saguão parcamente iluminado e, embora tenha aceitado sentar à mesa com seu anfitrião, não retirou o capuz.

– Deseja um quarto? Ou apenas se aquecer com um bom vinho?

– Tudo que peço são algumas informações. O senhor é o homem que atende pelo nome de Gaspar Caderousse?

– Às ordens. – O estalajadeiro franziu a testa. – Se veio me cobrar alguma dívida antiga, é bom que saiba que minha situação financeira não anda boa.

– Não vim cobrar nada, muito pelo contrário. Trago notícias sobre uma herança.

Uma cabeça de mulher despontou na passagem para a cozinha.

– Herança? Para meu marido?

– Sim – respondeu o sacerdote, segurando com ambas as mãos as bordas do capuz. Embora já tivesse feito o teste consigo mesmo, esta seria a primeira vez em que iria submeter-se à apreciação alheia. – Sou o abade Faria – disse Edmond, abaixando o capuz.

Caderousse sorriu sem dar qualquer sinal de reconhecê-lo.

– Carconte, traga vinho para nosso convidado – ordenou à esposa, que desapareceu na cozinha.

– Antes de mais nada, preciso me certificar de que é mesmo o homem por quem procuro. Anos atrás, o senhor morou no quarto andar de um prédio na alameda de Meillan?

– Exato. Eu era alfaiate, mas acabei falindo. Faz tanto calor em Marselha que um dia as pessoas ainda andarão peladas por lá.

– Conheceu um marinheiro chamado Dantès?

– Dantès! Sim, claro. Edmond Dantès. Meu vizinho.

– E o que aconteceu a ele?

– A Edmond? – Caderousse balançou a cabeça com pesar. – Pobre rapaz. Cometeu um deslize e acabou na prisão.

– O senhor gostava do moço?

– Como se fosse meu próprio filho.

– É verdade – intrometeu-se Carconte, chegando com duas canecas de vinho. – Até hoje meu marido fala muito dele.

– Então é com pesar que informo que Edmond Dantès morreu na prisão.

– Que Deus o tenha em bom lugar – disse Caderousse, benzendo-se.

Carconte terminou de servir aos dois homens, mas se manteve de pé ao lado da mesa, atenta a tudo.

– Fui chamado para lhe dar a extrema-unção. O mais comovente é que, até seu último suspiro, Edmond garantiu não saber por que estava preso. Ele nem sabia que sua sentença era perpétua. Foi por isso que, em vez de tentar subornar o carcereiro, preferiu guardar suas posses para o dia em que voltasse a ser livre.

Edmond meteu a mão num bolso da túnica e retirou um diamante, cujo brilho pareceu refletir nos olhos gananciosos de Caderousse e Carconte.

– Onde ele conseguiu isso? – perguntou Carconte, estendendo a mão para pegar a joia, que, sem demora, Edmond guardou de volta no bolso.

– Foi o presente de casamento que ganhou de um amigo que fez na Inglaterra. Está avaliado em 50 mil francos.

– Não chega a ser uma fortuna, mas pode garantir uma vida digna a um homem – disse Caderousse.

– Edmond mandou que eu o vendesse e repartisse o lucro entre cinco pessoas que ele tinha em alta estima.

– Cinco? – retorquiu Caderousse.

– Sim. O pai, a noiva, e três amigos: Fernand Mondego, Danglars e o senhor.

– O pai dele morreu – comentou Caderousse.

– Sim, eu sei. Os atuais moradores do prédio me contaram sobre o falecimento do velho Dantès, mas não puderam dar nenhum detalhe.

– Porque aconteceu há muito tempo. O filho não tinha nem um ano de prisão quando o pai morreu de fome.

Aquelas palavras penetraram o coração de Edmond como um punhal afiado.

– Mas nem os cães vadios de Marselha morrem de fome! – exclamou Edmond, indignado. – Meu Deus... Meu Deus... Então esse senhor estava tão abandonado que não havia quem lhe desse um prato de comida?

Carconte se inclinou até Caderousse para sussurrar em seu ouvido:

– Gaspar, cuidado com o que diz...

Mas Caderousse a ignorou.

– Para ser honesto, ele não foi abandonado pela noiva do filho – disse Caderousse. – O problema foi que o velho tomou uma antipatia profunda por Fernand Mondego.

– O mesmo Fernand Mondego que Edmond tinha como um de seus amigos?

– Amigos! – Caderousse resfolegou sarcástico. – Com amigos assim...

– Gaspar Caderousse, acho melhor segurar a língua! – insistiu Carconte.

Edmond pousou o diamante à sua frente na mesa.

– Com o pai de Edmond morto, a herança será dividida por quatro. E se o senhor me provar que Fernand não merecia a amizade de Edmond, esta joia passará a ser dividida por três.

Caderousse e Carconte cravaram olhos cobiçosos no diamante.

– Carconte, volte pra cozinha. Eu e o abade vamos ter uma longa conversa.

13
A CONSPIRAÇÃO

– NÃO TENHO MEDO de Edmond Dantès porque mortos não se vingam – disse Caderousse ao falso abade. – Mas alguns nomes que citarei são de homens viventes. Só vou relatar os fatos se Vossa Reverendíssima prometer não revelar que soube deles por mim.

– Está prometido – disse Edmond.

– Então comecemos pela noiva e pelo pai. A moça, que se chamava Mercedes, procurou o promotor público para lhe pedir que intercedesse por Edmond, mas Villefort não lhe deu ouvidos.

– E o pai? Mercedes se esqueceu do homem que quase foi seu sogro?

– De jeito nenhum. Mercedes ia visitá-lo toda tarde, sempre levando comida. Mas um dia chegou acompanhada de Fernand Mondego, aquele que o senhor disse que Edmond tinha em alta conta.

– O próprio – confirmou Edmond entre dentes cerrados.

– Mercedes explicou ao velho que estava sendo pressionada pela família a esquecer Edmond, e como este já estava preso havia quase um ano, aceitou o pedido de casamento de Fernand.

Edmond crispou o punho, estava cada vez mais difícil esconder seu ódio.

– O pai de Edmond considerou aquilo uma traição ao filho – prosseguiu Caderousse. – A partir daí, recusava-se a receber Mercedes. Ficava trancado em casa, como se também estivesse preso. Andava em círculos, e eu, que morava no apartamento de baixo, era atormentado pelo barulho daqueles passos. Então, um dia... – suspirou. – Um dia, os passos pararam. Logo depois Mercedes e Mondego contraíram núpcias na igreja de Accoules.

– A mesma igreja onde Mercedes deveria ter se casado com Edmond. É por isso que você acha que Fernand não merece a herança? – perguntou Edmond, girando lentamente o diamante entre o indicador e o polegar. – Por ter casado com a mulher que Edmond amava?

Como que hipnotizado pelo diamante, Caderousse disse sem pensar:

– Não. Fernand não merece uma parte desse diamante porque foi ele quem arruinou a vida do rapaz.

– Está dizendo que Fernand Mondego foi o responsável pela prisão de Edmond?

– Ele e o outro homem para quem Edmond deixou esse diamante aí.

– E o senhor? Que participação teve nisso?

– E-eu? – balbuciou Caderousse, branco como cera. – Por que acha que tive qualquer coisa a ver com essa tramoia?

– De que outra maneira poderia saber tanto?

– Abade, estou a par de tantos pormenores porque, no dia da promoção de Edmond, o acaso me fez esbarrar com Fernand numa taverna. Ele me reconheceu como vizinho de Edmond e me chamou para beber. Então começou a me crivar de perguntas, buscando por algo que pudesse usar contra o rival.

– E você lhe contou tudo que sabia.

– Tenho de confessar que o sucesso de Edmond me causava inveja e, entre uma bebida e outra, respondi a todas as perguntas. Mas Fernand ficou muito frustrado porque nem o pecado mais terrível de Edmond chegava realmente a ser comprometedor. Então, vi Danglars entrar na taverna, e o apontei a Fernand. Num piscar de olhos, o homem que perdeu o comando do navio para Edmond estava bebendo conosco.

– E Danglars? Ele detinha alguma informação comprometedora sobre Edmond?

– Sim. Segundo nos contou, Edmond era portador de uma carta escrita de próprio punho pelo imperador deposto.

– Então vocês escreveram uma denúncia anônima.

– Eu não, Vossa Reverendíssima! – protestou Caderousse. – Fui apenas uma inocente testemunha. Danglars escreveu a denúncia, e Fernand a enviou para o promotor público, o sr. Villefort.

Se o abade Faria acertara com tanta precisão até aqui, também deveria ter razão sobre a peça seguinte naquele quebra-cabeças. Villefort, ao descobrir que o destinatário da carta de Napoleão não era outro senão seu próprio pai, mandou trancafiar Edmond para que a verdade não viesse à luz.

– Diga-me, Caderousse, como a vida tem tratado os crápulas que arruinaram um jovem e mataram um velho de fome?

Caderousse exalou um longo suspiro.

– Lamento dizer, mas apenas coisas boas aconteceram a esses homens.

14
TRÊS HOMENS RICOS

– IMAGINO QUE, com Edmond fora do caminho, Danglars tenha se tornado o comandante do *Faraó* – disse Edmond.

– Na verdade, não comandou o navio por muito tempo. Enquanto para Edmond o *Faraó* era um objetivo de vida, para Danglars era apenas um degrau numa escalada mais ambiciosa. Assim que se cansou da vida no mar, pediu ao proprietário do navio uma recomendação para trabalhar em terra firme.

– Então foi nessa época que Danglars deixou Marselha.

– Isso mesmo, mas a história não termina aí. Danglars se casou com a filha de seu novo patrão, um banqueiro espanhol. Com a morte do sogro, herdou seus bens. Durante a Guerra Espanhola, fez fortuna vendendo armas. Quando a filha do banqueiro morreu, Danglars voltou para a França e se casou de novo, desta vez com uma viúva, Hermine. Como o pai de Hermine é o chefe de gabinete do atual rei e, portanto, goza de extrema influência, não demorou a conceder um título de nobreza ao genro. Agora Danglars é barão e mora numa mansão em Paris.

– Nada mal para um ex-marinheiro. E Fernand?

Caderousse resfolegou, sarcástico.

– É tão abastado quanto Danglars, e ainda mais influente.

– Mas não compreendo – disse Edmond. – Como um pescador pobre, sem recursos nem educação, prosperou tanto?

– Quando Napoleão fugiu do exílio e retomou o poder na França, Fernand foi arregimentado pelo exército e participou da batalha de Ligny. Na noite depois da batalha, um superior de Fernand decidiu passar para o lado dos ingleses, e ele o acompanhou.

– Como de costume, remando a favor da corrente – disse Edmond.

– Se Napoleão tivesse permanecido no trono, Fernand teria ido à corte marcial, mas o novo governo o recompensou por ter desertado. Fernand retornou à França como subtenente. Em 1823, já era capitão e, durante a Guerra Espanhola, obteve vitórias que lhe valeram a patente de coronel, a cruz de oficial da Legião de Honra e o título de conde.

– Conde! – indignou-se Edmond. O homem que conspirara contra ele e roubara sua amada havia conquistado um dos mais elevados títulos de nobreza da França.

– Sim, hoje Fernand é conhecido como conde de Morcerf. Mas sua prosperidade não terminou aí. Quando a guerra com a Espanha acabou, Fernand pediu licença para servir na Grécia, onde comandou o exército do paxá Ali. Como Vossa Reverendíssima deve lembrar, o paxá foi assassinado, mas antes de morrer recompensou os serviços de Fernand com uma soma considerável. Com essa fortuna em mãos, Fernand retornou para a França.

– E é nesse estágio da vida que ele se encontra hoje?

– Sim. Retirou-se do exército como general e obteve uma cadeira na Câmara dos Pares. Mora num palácio esplendoroso na rua Helder, em Paris.

– Com Mercedes? – Edmond hesitou por um momento antes de acrescentar: – Ela ainda respira?

– Até a última notícia que tive, o conde, a condessa de Morcerf e seu filho gozam de excelente saúde.

Edmond engoliu em seco.

– Filho?

– Sim. Albert, visconde de Morcerf. O menino deve estar agora com uns sete ou oito anos.

O falso abade balançou a cabeça. Começava a se sentir soterrado por tantas informações.

– E quanto a Villefort?

– O promotor público que encarcerou Edmond? – Caderousse se calou por um momento enquanto pensava. – Bem, esse eu nunca conheci pessoalmente. Tudo que sei é que foi promovido a promotor régio e se mudou para Paris.

– Então os três responsáveis pela ruína de Edmond estão vivendo na capital.

– E são ricos e felizes. Como vê, abade, apenas eu fiquei pobre, miserável e esquecido por Deus.

– É aí que você se engana. Às vezes, Deus realmente se esquece dos seus filhos, mas chega um momento em que se recorda, e eis a prova. – Edmond pegou o diamante e o estendeu a Caderousse. – É todo seu.

– M-meu? Mas não deveria ser dividido ao menos com Mercedes?

– A condessa de Morcerf não precisa de mais dinheiro. É mais justo que o diamante fique apenas para você.

– Todo meu! – exclamou Caderousse, aceitando o diamante.

– Todo *nosso*! – asseverou Carconte, que aparecera por um passe de mágica ao lado do marido. Tomando a joia da mão do marido, lembrou-o: – Na riqueza e na pobreza.

– Sim, claro – retorquiu Caderousse, fulminando a esposa com o olhar.

– Filhos, eu os deixo com minhas bênçãos – disse Edmond, e saiu para a noite fria.

15
INTERLÚDIO

– QUAL É O PRÓXIMO PASSO, patrão? – perguntou Jacopo a Edmond enquanto retornavam para Marselha.

– Um jogo, meu amigo. Mas antes precisamos colocar as peças no tabuleiro.

– Como assim?

– Precisamos investigar algumas pessoas e para isso teremos de continuar viajando.

– Vai demorar muito? Porque estou louco por fincar raízes.

Edmond deu com os ombros.

– Uns cinco, talvez dez anos.

– Dez anos! – exclamou Jacopo, chocado.

– Meu caro amigo, se aprendi alguma coisa em meus tempos de cativeiro é que toda a sabedoria humana pode ser resumida a duas coisas: esperar e ter esperança.

16 CARNAVAL EM ROMA

AO CHEGAR À MAIORIDADE, o visconde de Morcerf ganhou do pai uma viagem pela Europa. O jovem partiu em meados de 1838, mas não sem antes ouvir as advertências da mãe, que ficou em Paris se remoendo de preocupação. Misericordiosamente, a aflita Mercedes não tinha como saber que Albert chegara a Roma em pleno carnaval, quando as ruas se apinhavam com foliões inebriados com vinho, música e toda sorte de pecados.

Um desses pecados tomou a forma de uma mulher de curvas sinuosas e lascivos olhos verdes. Com vinho na cabeça anulando qualquer instinto de autopreservação, Albert seguiu a moça até um beco escuro, onde o frio cano de uma pistola tocou sua nuca.

– P-pode levar minha bolsa – disse Albert.

– Não quero trocados – retrucou o assaltante.

A moça soprou um beijo de despedida e saiu do beco, deixando Albert sozinho com seu agressor. Um segundo depois, uma carruagem parou abruptamente diante deles. O assaltante abriu a porta da carruagem e cutucou Albert com a pistola.

– Entre.

Albert embarcou na carruagem para descobrir, na extremidade do banco, outro homem armado.

– Queira sentar-se, caro visconde de Morcerf – disse o homem em um francês carregado com sotaque italiano.

O primeiro assaltante fechou a porta da cabine e subiu uma escadinha para se empoleirar ao lado do cocheiro. O veículo começou a se mover devagar, abrindo caminho entre os foliões até alcançar uma rua desimpedida. Ali o cocheiro estalou o chicote para acelerar a parelha de cavalos.

– O que querem de mim? – perguntou Albert, o suor frio empapando-lhe a testa.

– De você, nada. Mas seus pais pagarão um vultoso resgate quando souberem que está em meu poder.

– E quem é o senhor?

– Luigi Vampa, seu criado.

Albert engoliu em seco. Luigi Vampa era o chefe de uma quadrilha italiana cujos atos hediondos horrorizavam toda a Europa. Assalto, sequestro, chantagem, fraude – não havia crime pecuniário que já não houvesse praticado pessoalmente ou por intermédio de um de seus incontáveis lacaios.

– Chefe! – gritou o primeiro assaltante. – Olhe para trás!

Vampa e Albert viram uma carruagem negra se aproximar veloz. Por um instante, Albert julgou que fosse a polícia, mas perdeu essa esperança quando ela os ultrapassou. A julgar por seus ricos adornos banhados a ouro, o veículo pertencia a algum ricaço apressado em alcançar seu destino.

Nesse momento, a carruagem negra parou à frente deles, obrigando o cocheiro de Vampa a também refrear seus cavalos. A parada brusca derrubou Albert, que caiu de bruços no piso de madeira. Levantando-se para olhar pela janela, viu saltar da carruagem negra um cavalheiro de pistola em punho.

O embate se desenrolou muito depressa. O primeiro assaltante sacou a arma, mas o homem misterioso foi mais rápido, fulminando-o com um tiro. O assaltante caiu morto do banco elevado da carruagem, e o cocheiro fugiu. O cavalheiro continuou avançando em direção à cabine na qual estavam Albert e Luigi Vampa.

Julgando que aquele seria um bom momento para escapar, Albert estendeu a mão até a porta, mas sentiu uma dor excruciante na cabeça. Tonto, virou-se para Vampa, que segurava a pistola pelo cano, como quem empunhava um martelo. O criminoso abriu a porta da carruagem e saltou. Albert ainda ouviu o ressoar distante de dois ou três tiros antes de perder os sentidos.

Acordou com um tapa no rosto. Arfante, esperou até que a visão ficasse clara e nítida. Estava diante de um homem de pele muito clara, traços finos e cabelos prateados, de nacionalidade tão indiscernível quanto sua idade. Trajava fraque sofisticado e cartola alta, como se houvesse preferido ir à ópera a participar dos festejos de rua.

– Queira me perdoar pelo tapa, meu jovem – disse o homem, estendendo-lhe um lenço. – Tome, limpe a cabeça.

Albert levou o lenço até o local em que uma dor latejante ainda o incomodava. Ao recolhê-lo, descobriu que estava ensanguentado.

– Não é tão ruim quanto parece. Foi apenas um corte. Sente-se.

Albert obedeceu enquanto olhava em torno para se descobrir na ampla sala de estar do que só poderia ser um sofisticadíssimo hotel italiano.

– Já mandei chamar um médico. Terá de receber alguns pontos.

– O que aconteceu com Vampa?

– Vampa? – retorquiu o cavalheiro misterioso. – Está me dizendo que lutei com o temível bandido italiano?

– Ao menos foi o que ele disse.

O misterioso salvador de Albert deu com os ombros.

– Trocamos alguns tiros. Eu o feri, mas não sei se mortalmente. Se soubesse que era Vampa, teria terminado o serviço.

– Creio que lhe devo a vida, senhor.

– Deve apenas à sorte, que fez nossos caminhos cruzarem. Quando meu cocheiro me avisou que um rapaz tinha sido sequestrado, agi como qualquer cavalheiro.

– Não qualquer cavalheiro, senhor – disse Albert, gratidão patente na voz. – Sou Albert, visconde de Morcerf. Meu pai, o conde, terá imenso prazer em recompensá-lo.

– Não careço de recompensas, meu jovem. Mas... – O cavalheiro pareceu pensativo por um instante, e então acrescentou: – Diga-me, seu pai goza de influência na sociedade parisiense?

– É um de seus principais nomes – confirmou Albert.

– Então talvez possa me fazer um favor. Passei dez anos correndo os quatro cantos do mundo, e agora estou farto de viver em hotéis e casas alugadas. Meus representantes já encontraram um bom endereço em Paris, para que eu possa me estabelecer na Cidade Luz em caráter definitivo. Estarei lá em três meses e gostaria de abrir minhas portas para a nata da sociedade local. Acha que seu pai poderia atuar como meu padrinho, escolhendo os convidados e encaminhando os convites?

Albert sorriu de orelha a orelha.

– Tenho certeza de que ele terá o maior prazer em fazer isso. – Então, fitando intrigado seu salvador: – Ainda não me disse seu nome.

O cavalheiro de rosto misterioso e roupas elegantes fez uma delicada mesura.

– Por coincidência, detenho o mesmo título que seu pai. Sou o conde de Monte Cristo.

17
O TABULEIRO

PARADO À JANELA da nababesca suíte no Hotel de Londres, Edmond observou Albert de Morcerf cruzar a praça de Espanha até sumir em meio à multidão de foliões fantasiados.

Aquele rapaz poderia ser meu filho, pensou.

A porta da suíte começou a se abrir lentamente às costas de Edmond, que girou nos calcanhares para deparar com o famigerado Luigi Vampa.

Ou melhor, Jacopo, disfarçado.

– Patrão, tem certeza de que o garoto não vai me reconhecer em Paris? – indagou o braço direito de Edmond.

– Jacopo, nem sua mãe iria reconhecê-lo de barba feita e em trajes finos. A propósito, bom trabalho.

– O ator que contratei merece todo o crédito. Ele fez sua cena de morte com tanta dedicação que até chegou a deslocar o ombro quando caiu da carruagem.

– Duplique seu cachê. Ah, recompense o cocheiro e a prostituta também.

– Farei isso – prometeu Jacopo, deixando-se cair nas almofadas de seda do sofá. – E então? As peças já estão no tabuleiro?

– Sim. – Virando-se novamente para admirar a praça, Edmond viu a alvorada manchar os prédios de Roma em vermelho-sangue. – Agora podemos começar o jogo.

18
MONTE CRISTO

– QUE PREPOTÊNCIA a desse novo-rico! – exclamou o conde de Morcerf quando a carruagem chegou à luxuosa mansão em estilo Pompadour localizada na Champs-Élysées 30. – Aparecer do nada para se instalar logo no endereço mais sofisticado de Paris!

– É um conde, pai – frisou Albert –, como o senhor.

– Ora! – exprimiu o conde de Morcerf, que nascera como o humilde Fernand Mondego. – Conheço toda a aristocracia da Europa e nunca ouvi falar desse tal Monte Cristo.

A porta foi aberta por uma figura impressionante: um negro alto de ombros largos, trajado em vestes árabes. Sem dizer uma palavra, o mordomo os conduziu até o salão da casa e retornou ao vestíbulo.

– Esse Monte Cristo desconhece as noções mais básicas de protocolo – queixou-se Morcerf. – Em recepções formais como esta, o mordomo deve anunciar a identidade e o título de cada convidado.

– Isso seria impossível, senhor – disse um cavalheiro com forte sotaque italiano. – O pobre coitado é mudo.

– O senhor é o nosso anfitrião? – perguntou Morcerf.

– Não. Sou Jacopo, assessor pessoal do conde de Monte Cristo. Meu patrão já virá recebê-los – disse apontando para o conde de Monte Cristo, que, acompanhado por uma jovem trajada em indumentária grega, conversava com os Villefort.

– Querido Albert! – exclamou o conde, assim que viu o rapaz.

– Conde, é uma honra revê-lo.

– Vejo que já conheceram Jacopo, meu braço direito. Esta é Haydée, minha protegida. Um tesouro que trouxe de minhas andanças pelo Oriente.

– Encantado, senhorita. – Albert prestou uma mesura à jovem de beleza exótica, mas inegável. Então, indicando seu pai com um gesto: – Caro Monte Cristo, permita-me apresentá-lo ao conde de Morcerf.

O longo processo de amadurecimento concedera a Edmond uma extraordinária capacidade de autocontrole. Ainda assim, precisou de todas as suas energias para não estremecer ao apertar a mão daquele homem.

– É uma honra recebê-lo em minha casa, Morcerf. Esta noite não teria sido possível sem seu auxílio.

– Fiz isso com imensa satisfação – disse Morcerf, subitamente o homem mais simpático e cortês do mundo.

Em seguida, Albert indicou a mulher ao seu lado, cuja beleza se encontrava tão conservada que não parecia muito mais velha que o rapaz.

– E esta é minha mãe, condessa de Morcerf.

Monte Cristo virou-se para Mercedes, a quem fitou talvez por um segundo a mais do que ditava a etiqueta, antes de declarar:

– Vejo de onde o jovem Albert herdou o azul profundo de seus olhos.

Mercedes abriu a boca para dizer algo, mas as palavras se recusaram a sair. As pupilas azuis se recolheram sob pálpebras entreabertas, e o equilíbrio lhe falhou.

– Mamãe! – Albert amparou nos braços o corpo de Mercedes.

19
SEGREDOS DO PASSADO

UM ANEL DE CONVIDADOS se adensava em torno do misterioso conde de Monte Cristo, obstruindo a visão de Hermine Danglars. Que incidente teria interrompido a festa? Palavras foram sussurradas de pessoa a pessoa através da sala até chegar aos ouvidos atentos da baronesa: pelo que pôde entender, a condessa de Morcerf desmaiara ao cumprimentar o anfitrião.

Hermine sentiu uma pontada de inveja. Ela própria adoraria cair inconsciente agora. Estava agitada, coração batendo forte, mãos tremendo cada vez que usava um lencinho para enxugar gotas de suor na testa. Na esperança de que o álcool entorpecesse seus nervos, começou a beber um pouco mais que o normal, esvaziando várias taças de vinho.

Quando Danglars lhe perguntou se estava se sentindo bem, Hermine alegou uma leve indisposição. O que poderia dizer ao marido? Que este lugar suscitava lembranças que durante anos tentara esquecer? Há quase duas décadas, um cavalheiro alugara esta casa com um propósito específico: abrigar seu tórrido caso de amor com uma dama da nobreza, que acabara de enviuvar do primeiro marido. A dama fora Hermine. O cavalheiro...

– Villefort! – exclamou Danglars. – Meu caro amigo, fico feliz que já tenha voltado da viagem.

– É sempre um prazer revê-lo, Danglars – disse Villefort. Com um respeitoso aceno de cabeça para Hermine: – E também à senhora, madame.

– O p-prazer é todo meu, sr. Villefort – balbuciou Hermine.

Sempre circunspecto, o promotor régio não transparecia o menor sinal de inquietação. Como se não reconhecesse na casa o cenário de seus encontros amorosos com Hermine nem o refúgio para onde a trouxera para um parto complicado após longos meses ocultando a gravidez. Hermine lembrava de ter segurado o bebê nos braços por uns breves minutos antes de entregá-lo aos cuidados do pai. Depois disso, Villefort cortara relações com ela, que fora buscar conforto num novo marido, Danglars. Embora tivesse se encontrado socialmente com Villefort por todos esses anos, jamais tivera coragem de lhe perguntar sobre o destino da criança.

– Já foram apresentados ao nosso anfitrião? – perguntou Villefort, e só agora Hermine notou o homem de pé ao lado de seu antigo amante. – Conde, este é o barão Danglars, um dos banqueiros mais importantes da França. E essa senhora adorável é sua esposa, Hermine.

– Meu caro conde, estou impressionado com a decoração de sua casa – disse Danglars, abarcando com um gesto toda a sala, com suas libidinosas estátuas indianas e seus exuberantes tapetes persas. – Está tão fartamente mobiliada que nem se nota que o senhor só está aqui há cinco dias.

– Na verdade, tive operários e decoradores trabalhando na casa durante meses. Quando vier me visitar de dia, verá a nova pintura da fachada e as exuberantes plantas sul-americanas que mandei plantar no jardim. – Deu uma risada curta. – Mas por muito pouco os obreiros não desertaram.

– É mesmo? – perguntou Hermine. – Por quê?

– Uma gente muito supersticiosa, madame. Imagine que começaram a falar que a casa era mal-assombrada. Só porque o jardineiro desencavou uma velha caixa de joias no quintal.

– Verdade? – retrucou Danglars, olhos brilhando. – E continha um tesouro?

– Não, nada de riquezas. Apenas o esqueleto de um recém-nascido.

Com um rouco arfado de horror, a baronesa caiu ao chão, enfim entregue ao tão cobiçado estado de inconsciência.

20
A PRIMEIRA VINGANÇA

DEPOIS QUE TODOS OS CONVIDADOS haviam se retirado, Edmond e Jacopo sentaram-se para bebericar um fragrante xerez espanhol.

– Patrão, você tem mesmo algo que faz as mulheres caírem aos seus pés.

– Creio que Mercedes apenas ficou emocionada em ver o salvador de seu filho. Espero que não tenha me reconhecido, porque só quero bem à minha antiga noiva. Mas quanto à sra. Danglars... – Os lábios de Edmond se curvaram irônicos. – Ela reagiu exatamente como eu esperava.

– Falando sobre reações esperadas, recebi notícias que vão agradá-lo.

Os olhos de Edmond cintilaram.

– Caderousse?

Jacopo enviara agentes a Marselha para averiguar o que acontecera ao alfaiate nos últimos dez anos.

– Exato. Aquele diamante desestabilizou completamente a relação já conturbada que ele mantinha com a esposa... Exatamente conforme o previsto. Patrão, já lhe disse que às vezes o senhor me assusta?

– Prossiga, Jacopo.

– Bem, ou os dois pombinhos não concordaram sobre o que fazer com a joia, ou cada um a queria só para si. O fato é que Caderousse perdeu o controle, matou Carconte com um tiro na goela e fugiu. Ele procurou um joalheiro, mas o diamante não valia nem de perto o tanto que esperava. – Jacopo fitou Edmond. – Isso também era parte do seu plano, não era?

Como Edmond não disse nada, o assistente continuou:

– Bem, o dinheiro não durou muito e, para piorar, Caderousse havia se tornado um assassino procurado. Assim, não teve outra saída além de cometer mais roubos para se sustentar. Há poucos meses, perpetrou um grande assalto, cujo produto finalmente lhe permitiria recomeçar a vida fora do país, mas...

– A justiça o pegou?

– Alguém o pegou. Acharam seu cadáver no porto de Marselha. Deve ter sido traído por um cúmplice.

Edmond exalou um longo suspiro, como se parte do peso que carregava tivesse sido retirado de seus ombros.

– Jacopo, entende agora o que lhe disse sobre a virtude da paciência? Um dos homens que conspiraram contra mim está morto, destruído pela própria ganância.

– E agora...

– Agora continuarei a plantar minhas armadilhas.

21
CRÉDITO ILIMITADO

NA MANHÃ SEGUINTE, Danglars estava em seu gabinete, despedindo-se de um cliente, quando seu secretário anunciou uma visita inesperada.

– Ilustríssimo Monte Cristo! – saudou Danglars momentos depois. – Que honra revê-lo. Queria mesmo marcar uma reunião com o senhor.

– Deduzo que tenha recebido uma carta do meu banco em Roma – disse o conde, sentando à mesa de Danglars.

– Acaba de chegar. Não é todo dia que a respeitadíssima Casa Thompson & French me indica um cliente. – Abrindo a carta, acrescentou: – Mas creio que há um erro aqui. O presidente da instituição recomenda que lhe conceda crédito ilimitado.

– Não há erro nenhum, meu caro barão.

– Mas, conde, esse termo "ilimitado" não lhe parece vago?

– Pelo contrário, é muito preciso. Quando eu lhe requisitar uma quantia, qualquer que seja, o senhor terá de cedê-la, de imediato e sem perguntas.

– Um banco poderoso como a Casa Thompson & French, de Roma, talvez possa fazer isso por um cliente, mas não creio que a Danglars tenha condições...

Edmond ergueu a mão direita, interrompendo-o.

– Antes de prosseguir, talvez queira ler estes documentos – assinalou, estendendo mais duas cartas. Uma era da Casa Arestein & Eskoles, de Viena, e a outra, da Baring, de Londres. Cada uma das missivas estava endereçada a um dos maiores rivais de Danglars em Paris, recomendando crédito sem limites ao conde de Monte Cristo. – Essas cartas ainda não foram enviadas apenas porque seu banco me foi muitíssimo bem recomendado pelo sr. Villefort.

– Meu caro Monte Cristo, o senhor é um homem que sabe negociar – reconheceu Danglars, devolvendo os documentos com mãos trêmulas. – Será a maior honra para a Casa Danglars, de Paris, tê-lo como cliente.

– Bem, agora que selamos nosso acordo, podemos fixar uma importância geral para empréstimos no primeiro ano. Digamos, entre 6 milhões de francos e...

– Seis milhões! – exclamou Danglars, sacando um lenço para enxugar a testa.

– Barão, pense no quanto isso me custará em juros.

– Sim, claro – retrucou Danglars, acalmando-se com a perspectiva de um lucro extraordinário.

– Envie-me a primeira parcela amanhã bem cedo. Quinhentos mil francos. Se possível, metade em notas, metade em moedas de prata.

– Perfeitamente, conde. Meu mensageiro passará em sua casa antes do meio-dia.

Os dois homens já começavam a se despedir quando o secretário retornou à sala.

– Com licença, sr. Danglars, sua esposa gostaria de vê-lo.

– Diga à baronesa que falarei com ela assim que terminar esta reunião.

– Por favor, Danglars, deixe-a entrar. Teria a maior satisfação em rever sua belíssima esposa.

Contrariado, Danglars acenou positivamente ao secretário. Menos de um minuto depois, Hermine entrou no gabinete.

– Danglars, estou precisando... Oh! – exclamou, ao deparar com Edmond.

– Minha prezada baronesa, que susto a senhora me deu ontem.

– C-creio que sou suscetível a histórias de assombração – balbuciou.

– No futuro, só falaremos de assuntos agradáveis – prometeu Edmond.

– Mas o que você queria de mim, querida? – interpelou Danglars.

– Estava de saída para uma visita social, mas o criado me disse que nossa melhor carruagem não está disponível.

– Está consertando o eixo – esclareceu Danglars. – Mas temos outros veículos.

– Danglars! Não posso ir ao chá de madame Maintenon num fiacre. Além disso, prometi emprestar a carruagem amanhã a madame de Villefort, que precisa levar o filho doente a uma pequena viagem ao interior.

A informação contida nesse último comentário instigou Edmond a agir.

– Barão Danglars, permite que me intrometa? – perguntou Edmond, que, sem esperar por uma resposta, voltou-se para Hermine. – A baronesa viu a carruagem estacionada aí fora?

Hermine lembrou-se da carruagem negra com adornos banhados a ouro e puxada por um par de baios robustos.

– Sim, é magnífica.

– Era minha. Agora é sua.

– Minha? – retrucou estupefata. – Mas...

– É o mínimo que posso fazer para me desculpar pelo mal-estar que lhe causei ontem.

O casal ainda levantou vários protestos, mas Edmond viu no brilho de seus olhos que, em suas mentes, já calculavam não apenas o valor do veículo luxuoso, mas também dos cavalos de raça.

Como é fácil manipular pessoas movidas por vaidade e ganância, refletiu Edmond enquanto retornava para casa num agradável passeio a pé.

22
NO GABINETE DO PROMOTOR RÉGIO

QUALQUER UM QUE PASSASSE pela rua Meslay veria a luxuosa carruagem estacionada diante da mansão de madame Maintenon. O veículo que pertencera ao conde de Monte Cristo, agora propriedade dos Danglars, anunciava a todos que a baronesa estava passando a tarde com a amiga. Esse era um antigo ardil das duas. Sempre que uma delas queria marcar um encontro furtivo com um cavalheiro, fingia tomar chá com a cúmplice para escapulir pelos fundos. Porém, ao entrar no Palácio da Justiça e se dirigir ao gabinete do procurador régio, não era amor que acelerava os batimentos do coração de Hermine Danglars. Era medo.

– Já aguardava sua visita, madame – disse Villefort, indicando-lhe uma cadeira. Ela não sentou.

– Como está Edouard?

– Continua frágil e propenso a desmaios. Minha esposa marcou uma consulta para ele com um médico muito famoso, que clinica em Nantes.

– Ela me contou. Inclusive prometi emprestar meu coche para a viagem.

– É muita generosidade sua. Mas não veio falar sobre Edouard.

– Não, vim falar sobre seu outro filho. – Hermine respirou fundo antes de prosseguir. – Estava vivo quando saiu de meus braços. Como morreu?

– A julgar pelo berreiro que fazia, seu bebê era muito saudável.

– Villefort, pelo amor de Deus, não me diga que o enterrou... *vivo*?

– Era mais seguro do que entregá-lo à adoção.

– Seu maldito! – gritou furiosa. – Como foi capaz de tamanha crueldade?

– Não se exalte, porque esse pecado não cheguei a cometer. Sim, deitei a criança naquela caixa de joias. Mas, enquanto abria a cova, alguém se aproximou por trás de mim e bateu na minha cabeça. Não sei por quanto tempo fiquei desmaiado, mas, quando acordei, o bebê havia sumido.

– Mas e o esqueleto que o conde achou?

– Posso garantir que não havia nenhuma caixa enterrada no quintal de Monte Cristo.

Hermine se deixou cair numa poltrona.

– Meu Deus, quem é esse homem, e por que expõe publicamente os nossos pecados?

– Não sei, madame – admitiu Villefort. – Mas, seja qual for seu objetivo, temo que não irá descansar enquanto não o tiver alcançado.

23
ACIDENTE NA RUA AUTEUIL

SE ALGUÉM PUDESSE LER a mente de Edmond Dantès, veria um gráfico traçado ao longo de anos de excruciante pesquisa. Uma intricada associação de indivíduos, fraquezas e pecados, cujas linhas sempre confluíam a três ilustres parisienses: Danglars, Villefort e Morcerf. Para atingir um desses alvos, o homem conhecido como conde de Monte Cristo precisava disparar suas flechas de vingança através de outras pessoas, algumas delas inocentes.

O passo seguinte exigira de Edmond diversas providências: alugar uma casa na rua de La Fontaine, treinar animais para obedecer a um comando específico e ficar de prontidão junto com seu mordomo desde o raiar do dia. Foi de seu posto à janela do segundo andar que avistou a carruagem que lhe pertencera, agora conduzida pelo cocheiro dos Villefort. Aguardando até ter certeza de que a aguçada audição dos cavalos captaria o som, soprou um apito. Os baios desembestaram pela rua, assustando pedestres e outros condutores. Na cabine da carruagem, Helloise de Villefort abraçou forte seu filho de sete anos, o frágil Edouard.

– O que está havendo? – gritou ao cocheiro.

– Não sei, madame! Os cavalos não obedecem!

Olhando pela janela, Helloise viu um homem em trajes árabes emergir de uma casa, rodopiando uma corda no ar. Com a agilidade de um vaqueiro americano, arremessou o laço contra o animal mais próximo e cerrou o nó em suas patas dianteiras. O árabe foi arrastado por vários metros, mas não soltou a corda até o cavalo desabar num relincho de dor, levando seu par consigo. Quando o veículo finalmente parou, Helloise baixou os olhos para ver o filho, que estava desmaiado em seus braços.

– Edouard!

A porta da carruagem foi aberta por um cavalheiro que lhe pareceu vagamente familiar.

– Está tudo bem?

– Meu filho é muito frágil. Meu Deus, será que a tensão foi demais para o pobrezinho?

Sem dizer nada, o cavalheiro pegou o menino nos braços e o retirou da carruagem para deitá-lo na calçada.

– Afastem-se! – gritou ao círculo de curiosos que já se formava em torno deles. – A criança precisa respirar! – Colando o ouvido no peito de Edouard, sentenciou: – O seu coração está muito fraco.

O cavalheiro disse alguma coisa incompreensível ao homem que detivera os cavalos. Enquanto o árabe corria de volta para a casa, Helloise desceu da carruagem, pânico crescendo no coração.

– A senhora não é a madame de Villefort? – indagou Edmond enquanto aplicava uma massagem vigorosa no peito do menino.

– Sim, sou eu – respondeu Helloise entre soluços. Foi só então que reconheceu o rosto do cavalheiro. – Conde de Monte Cristo? – Edmond fez que sim. – Mas sua casa fica na Champs-Élysées.

– Eu me refugio aqui quando quero espairecer. – Ao ver o árabe retornar com uma maleta, disse-lhe: – Sim, é essa mesma.

Edmond abriu-a, deparando-se com uma profusão de garrafinhas. Pegou uma e, abrindo a boca do menino, verteu uma gota quase invisível em sua língua. O que aconteceu em seguida pareceu mágica para Helloise. O menino de imediato abriu os olhos, a cor já retornando à face.

– E-eu... Nunca o vi recuperar-se tão depressa.

– Creio que o menino sofre de alguma espécie de anemia. Tome. – Ele lhe estendeu o frasco.

– O que é isso? – perguntou Helloise, as mãos trêmulas aceitando a garrafa.

– Uma fórmula que aprendi num livro muito antigo que encontrei durante minhas viagens. – Na verdade, aprendera-a na prisão da ilha d'If, recitada de memória pelo abade Faria. – Sempre que o menino desmaiar, dê-lhe uma gota. Mas preste atenção. – Fitou-a intensamente. – Apenas uma gota. Porque o melhor remédio também pode ser mortal.

– M-mortal?

– Uma colher de sopa é capaz de abater um homem adulto. É um elixir muito cobiçado por assassinos, porque não tem sabor e depois de usado não deixa vestígios. – Edmond pareceu hesitante. – Mas é melhor que me cale, antes que pense que estou plantando ideias na sua cabeça.

– Meu caro conde, prometo que só usarei o conteúdo dessa garrafa para garantir a saúde de meu filho – declarou Helloise Villefort.

Edmond abriu um sorriso largo.

– Madame, tenho certeza de que uma dama honrada como a senhora jamais usaria meu elixir para prejudicar alguém.

24 UM BOM CONSELHO

– O-OUTRA RETIRADA? – balbuciou Danglars.

– Com todo meu lastro financeiro na longínqua Monte Cristo, preciso de dinheiro miúdo para usar em Paris.

– Não chamaria um milhão de francos de dinheiro miúdo.

– Minha vida é cara. Mas não se preocupe. Neste exato momento, um navio está vindo de Monte Cristo com uma pequena parcela de meu tesouro. Antes do final do ano, pagarei com os devidos juros tudo que me houver emprestado e depositarei uma fortuna considerável nos seus cofres.

Danglars agora via a situação por outro ângulo. Quanto mais emprestasse ao conde, maior seria seu lucro dali a poucos meses.

– Como de praxe, um mensageiro deixará a quantia em sua residência, conde.

– Obrigado, barão.

– E como veio me honrar com sua visita, quero aproveitar para convidá-lo à festa de noivado de Eugénie, minha filha.

– Estarei lá. Quem é o felizardo?

– Albert de Morcerf, um jovem da mais fina estirpe.

Edmond já recebera a notícia do próprio Albert, mas viera preparado para fingir surpresa.

– Refere-se ao filho do conde de Morcerf?

– Claro. O conde de Morcerf, além de ser um dos meus principais correntistas, é meu amigo há mais de vinte anos. Eu o conheço desde quando ainda atendia por seu nome de batismo, Fernand Mondego.

– Bem, se confia tanto no caráter do conde, não deve mesmo dar trela a rumores sem fundamento.

Danglars estava na ponta da cadeira, cravando olhos intrigados em Edmond.

– Rumores? Que rumores?

– Deve lembrar que, durante algum tempo, Morcerf foi general do paxá Ali, vizir de Ioannina, uma província grega.

– Sim, claro. Grande parte da fortuna que Morcerf possui hoje foi presente do paxá. Um agradecimento por seus serviços.

– Não foi bem isso que ouvi quando estive na Grécia.

– E o que o ouviu?

– Diziam que... – a voz lhe morreu na garganta. – Lamento, Danglars, mas a honra me impede de lhe contar algo que, muito provavelmente, não passa de boato.

– Não dizem que todo boato tem fundo de verdade?

– Se o senhor acredita nisso, então o aconselho a investigar a reputação do futuro sogro de sua filha.

Danglars se despediu do cliente com um fervoroso aperto de mão.

– Pedirei aos meus correspondentes na terra de Homero para averiguarem o caso. Grato pelo conselho, conde.

– Não há de quê, Danglars. Afinal, para que servem os amigos?

25
O ASSALTO

– JÁ SOUBERAM DA ÚLTIMA FAÇANHA do conde de Monte Cristo? – perguntou Albert enquanto sentava à mesa para jantar com os pais.

– O que foi que aquele exibido aprontou agora? – Por algum motivo incompreensível, o conde de Morcerf nutria uma antipatia natural pelo homem que salvara a vida de seu filho.

– Retornava de uma viagem quando teve a carruagem barrada por um pistoleiro. Mas, em vez de entregar a bolsa, pulou sobre o salteador tão rápido que este não lhe deu tempo de disparar, e então o dominou com as mãos!

– Deve ser invenção do povo, querido – disse a condessa, sem levantar os olhos de seu prato.

– Mãe, esquece que vi o conde em ação? Não sei onde aprendeu a lutar, mas creio que seria capaz de matar um leão à unha.

– E o que aconteceu ao bandido? – inquiriu Morcerf.

– Foi entregue à polícia, que logo constatou que se tratava de um sujeito muito perigoso, procurado por vários assassinatos. Um tal Benedetto.

A condessa de Morcerf afastou seu prato.

– Meu filho, não poderia ter escolhido outro assunto para falar à mesa? Como os preparativos para seu casamento?

– Sua mãe está certa, Albert. Diga-me, tem visto seu futuro sogro?

– Claro, todas as vezes em que visito Eugénie.

– Pois não o vejo desde a festa de noivado. Acho que está me evitando porque não quer pagar o dote.

– Não ficaria espantado – disse Albert, rindo. – Não conheço homem mais apegado ao seu dinheiro que o velho Danglars.

26
UM ATO DE VILANIA

– BARÃO DANGLARS, sua excelência o conde de Morcerf pede para vê-lo.

O banqueiro lacrou um envelope contendo uma vultosa quantia e o estendeu ao secretário.

– Envie isto à residência de Monte Cristo – Um sorriso cruel perpassou seu rosto. – E mande Morcerf entrar. Não poderia ter escolhido hora melhor para me fazer uma visita.

Morcerf notou que algo estava errado quando Danglars não o convidou a sentar.

– Danglars, não acha que já está na hora de pagar o dote de Eugénie?

– Não haverá nem dote, nem casamento – sentenciou Danglars.

Morcerf fitou-o atônito.

– Danglars, sabe que não aprecio brincadeiras.

– Não é piada – disse ele. Abrindo a gaveta, pegou um envelope. – Recebi esta carta ontem de um colega na Grécia. – Empoleirando os óculos na ponta do nariz, começou a ler: – "Respondendo a vosso questionamento, devo salientar que nada sabemos a respeito de um conde de Morcerf".

– Andou fazendo perguntas a meu respeito? – indignou-se Morcerf.

– Continue ouvindo: "Contudo, o outro nome citado por vossa excelência goza de péssima reputação entre os antigos partidários do paxá Ali. O general Fernand Mondego traiu Ioannina, abrindo suas muralhas aos turcos. Os invasores executaram o paxá e saquearam seu tesouro, usando parte dele para pagar o traidor."

– Essa carta não prova nada. Certamente, foi escrita por algum antigo desafeto disposto a me caluniar.

– Talvez. Mas, cedo ou tarde, esses boatos chegarão aqui, denegrindo não apenas você, mas todos que herdarem o nome Morcerf. E é por isso que Eugénie não casará com seu filho.

– Danglars, se isso não aconteceu até hoje, não acontecerá nunca. Rasgue essa carta e esqueçamos o assunto.

Danglars deu com os ombros.

– Já enviei cópias aos principais jornais de Paris.

– Danglars, você sempre foi incapaz de pensar sozinho! Quem lhe pôs essas ideias na cabeça?

– Basta – retrucou Danglars. – Já lhe disse o que precisava ser dito. Agora queira se retirar de meu banco e não me faça chamar os guardas.

Sem dizer uma palavra, Morcerf girou nos calcanhares e, fumegando de ódio, dirigiu-se à saída.

27
A CÂMARA DOS PARES

PARIS AMANHECEU ABALADA por um escândalo: as manchetes dos jornais acusavam um nobre de traição à Coroa francesa. Naquela manhã, haveria sessão na Câmara dos Pares, e o conde de Morcerf, sendo membro desse ilustre conselho, decidiu que o melhor a fazer era comparecer ao dever como se fosse um dia qualquer. Ocupou sua cadeira e ficou calado, esperando a inevitável menção ao assunto. Não tardou até um de seus mais ferozes adversários subir à tribuna e, tendo os jornais acusadores em mãos, relatar o que todos já sabiam: o povo de Ioannina acreditava que o conde de Morcerf entregara a cidade aos turcos. O orador concluiu sugerindo um processo imediato para determinar a posição da Câmara dos Pares sobre a polêmica.

Aceitando a proposta, o presidente convocou uma junta de doze membros para decidir se Morcerf merecia permanecer no conselho. A audiência começou com o depoimento do acusado. O conde alegou que as notícias não passavam de uma coletânea de mentiras desfiadas por inimigos antigos, e frisou que nenhuma apresentava qualquer prova conclusiva. A junta se preparava para decidir sobre a culpabilidade ou não do colega quando um funcionário pediu licença para falar ao presidente. Alguns instantes depois, o presidente anunciou:

– Cavalheiros, uma testemunha acaba de se apresentar espontaneamente à Câmara. Alega ser testemunha ocular dos acontecimentos referidos nas notícias. Também afirma contar com documentos que comprovam sua identidade.

Um murmúrio de surpresa correu pela sala quando uma mulher, cujo véu comprido lhe encobria a face e a agradável silhueta, foi conduzida à tribuna. No instante em que levantou o véu, revelando o belo rosto e os trajes gregos, Morcerf reconheceu Haydée, a protegida do conde de Monte Cristo. A jovem estendeu três documentos ao presidente. Este, por coincidência fluente em árabe, examinou o primeiro e disse a Haydée:

– Segundo esta certidão de nascimento, a senhorita é filha do paxá Ali.

Morcerf cravou os olhos na jovem, tentando reconhecer em suas feições a menininha que vira tantas vezes brincando com o pai. Sim, era possível!

– Suponho que fosse muito jovem na época – disse o presidente.

– Tinha quatro anos, mas a situação foi tão marcante que nada me escapou da memória. Meu pai foi morto por soldados turcos, e eu e minha mãe fomos feitas escravas. Na mesma praça em que seríamos leiloadas, exibiram a cabeça de meu pai decepada e fincada numa lança. Minha pobre mãe morreu ali mesmo, fulminada pelo choque. – Haydée respirou fundo antes de prosseguir. – Fui arrematada por um homem chamado El-Kobbir, que me criou durante anos, esperando por meu amadurecimento, como os enólogos fazem com seus vinhos. Felizmente, quando estava com onze anos, El-Kobbir me vendeu a um cavalheiro ocidental. Em vez de me fazer de escrava ou concubina, esse homem de grande nobreza me criou como filha.

– O conde de Monte Cristo – informou o presidente, que agora tinha nas mãos o certificado de compra da jovem.

– Exatamente.

– E foram os turcos que leiloaram a senhorita na praça em Ioannina?

– Não. Eu e minha mãe fazíamos parte do pagamento do homem que traiu meu pai. Foi ele que me leiloou em praça pública.

O presidente segurou o terceiro documento e o leu em voz alta:

– "Por meio deste documento, a ser autenticado com o selo imperial, declaro ter recebido 400 mil francos de El-Kobbir, em paga ao arremate em leilão da menina Haydée. Assinado..." – O presidente levantou os olhos do documento e fitou o réu. – "Fernand Mondego".

Pálido como um cadáver, Fernand fitou boquiaberto o presidente, sem conseguir exprimir uma única palavra. Num rompante, levantou-se e saiu correndo como um louco. Durante alguns instantes, seus passos ecoaram pelos corredores do prédio florentino. A seguir, soou da rua um estalo de chicote e o troar de rodas de carruagem se afastando em alta velocidade. Cada um desses ruídos vibrou cristalino na sala da Câmara dos Pares, na qual um silêncio fúnebre se instaurara.

– Senhores – disse o presidente à junta –, reconhecem o conde de Morcerf culpado de fraude, traição e conduta não condizente a um membro desta casa?

– Sim! – responderam em coro.

Haydée ouviu a sentença de Morcerf com uma expressão que não transpareceu triunfo ou piedade. Então, cobrindo novamente o rosto com o véu, fez uma mesura aos pares do reino e se retirou da câmara com passadas dignas de uma princesa.

28
MARÉ DE AZAR

– CONDE, FELIZ É O SENHOR que não tem mulher nem filhos! – exclamou Danglars assim que Edmond entrou em seu gabinete.

– Por que diz isso, meu amigo? – perguntou Edmond, sentando-se.

– Eugénie nos deixou!

– Sua filha? Por quê?

– Ficou furiosa quando cancelei o casamento. Foi morar com uma tia na Espanha.

– Lamento muito. – Suspirou, fingindo melancolia. – O pior é que vim lhe trazer uma má notícia.

– Outra? Meu Deus, devo estar numa maré de azar. Conte logo, conde.

– O azar também é meu, barão. Acabo de saber que o navio que vinha de Monte Cristo agora jaz no leito do oceano.

– Afundou? – horrorizou-se Danglars.

– Sim, e com ele uma parcela de minha fortuna. Dinheiro não me falta em Monte Cristo, mas agora demorarei mais alguns meses para lhe pagar.

– Mas conde, os empréstimos que lhe fiz me deixaram praticamente com os cofres vazios!

– Infelizmente, não tenho como lhe devolver nada. Cada franco foi consumido por meu oneroso estilo de vida.

– Meu Deus! – Danglars arregalou os olhos. – Agora mesmo o proprietário do hospital está vindo negociar um grande empréstimo. Se lhe der o dinheiro de que precisa, esgotarei meus recursos.

– Barão, estou sinceramente decepcionado com o senhor. Julgava que seu banco possuía mais lastro – disse Edmond ao levantar-se. – Bem, os termos de crédito ilimitado que assinamos também me desobrigam de qualquer urgência em lhe pagar. Se tiver condições de manter seu banco por mais um semestre, honrarei tudo que lhe devo com juros generosos. Por ora, creio que terei de abrir conta em outra instituição bancária.

Edmond se despediu de Danglars com uma curta mesura e se dirigiu à porta. Ao cruzar a antessala, viu que o diretor do hospital já aguardava para ser recebido. Refreou um sorriso. Não tardaria a correr a notícia de que a Casa Danglars passava por dificuldades. Então, os clientes começariam a encerrar suas contas, e Danglars conheceria o amargo sabor da falência.

29
DRAMA NA ÓPERA

ATRASADO PARA A ESTREIA da temporada lírica, Edmond galgava os degraus da escadaria de mármore na entrada da Ópera de Paris quando Albert bloqueou a sua passagem.

– Foi tudo uma armação desde o começo, não foi?

– Visconde, não sei do que está falando, mas teremos de conversar depois. O espetáculo já vai começar.

– Danglars me contou tudo. Foi o senhor quem o convenceu a investigar meu pai. E decerto não é coincidência que sua protegida tenha se apresentado como testemunha contra ele. O que deseja conseguir prejudicando o conde de Morcerf?

– Não lhe devo satisfações, meu jovem.

Albert tirou a luva esquerda, com a qual esbofeteou o rosto de Edmond.

– Eu o desafio a duelo.

Um burburinho se elevou do círculo de curiosos que se formara em torno deles.

– Em vista de minha ampla experiência com instrumentos letais, deixarei a escolha das armas por sua conta – disse Edmond, esperando assustar o rapaz para que desistisse.

– Será à moda francesa: pistolas – retrucou Albert sem pestanejar. – Amanhã às oito, no bosque de Vincennes.

– Muito bem, mas ouça meu conselho. Tenha uma boa noite de sono, porque amanhã precisará de reflexos bem afiados.

Dito isso, abriu caminho através dos curiosos e entrou no prédio, que já transbordava os primeiros acordes da ópera *Guilherme Tell*.

30 VISITA NOTURNA

CHEGANDO DA ÓPERA, Edmond seguiu direto para o escritório e abriu o cofre no qual guardava armas de fogo. Escolheu uma elegante pistola de coronha de marfim encomendada especialmente para a prática de tiro em seus aposentos. A bala era propelida por uma quantidade tão pequena de pólvora que uma pessoa na sala ao lado não ouviria o disparo. Estava mirando na placa de metal que lhe servia de alvo quando a porta se abriu.

– Há uma pessoa aqui que deseja vê-lo – disse Jacopo.

Edmond apertou o gatilho, cravando o projétil a milímetros do centro da chapa.

– Agora não posso receber ninguém – disse enquanto recarregava. – Droga, estou perdendo a prática.

Estava tão absorto na manipulação da arma que não notou que Jacopo já se retirara, tendo deixado-o a sós com sua visita.

– Edmond, não mate meu filho.

Virando-se assustado, Edmond deparou com Mercedes.

– C-condessa? Que nome pronunciou?

– O seu. E quem fala não é a condessa de Morcerf, mas Mercedes, a mulher que um dia você amou.

Edmond deu-lhe as costas e caminhou até a escrivaninha para pousar a pistola no tampo polido.

– Mercedes está morta.

– Ela está viva. Reconheceu Edmond Dantès assim que o viu e sabe que foi ele quem derrubou o conde de Morcerf.

– Quer dizer, Fernand – corrigiu Edmond, virando-se de novo para ela. – Já que estamos citando nomes, vamos recordar todos.

– O que ele lhe fez? – inquiriu Mercedes, avançando um passo.

– Fernand Mondego foi o mentor da conspiração que me furtou não apenas a liberdade, mas todo o meu futuro.

– Acredito em você, porque sei do que Fernand é capaz. Mas não vim pedir clemência para o meu marido. Vim lhe implorar que não duele com Albert.

Mercedes avançou mais, parando tão perto de Edmond que ele temeu se afogar no azul dos seus olhos.

– O que me pede é impossível. O visconde me desafiou na frente de testemunhas, e a honra me obriga a duelar com ele.

– Então vai matar meu filho.

– Não, Mercedes – retorquiu Edmond com uma expressão terna que sua face não moldava havia 24 anos. E então, segurando as mãos da antiga noiva: – Vou duelar com ele, mas não vou vencer.

Lágrimas desaguaram pelas faces de Mercedes.

– Meu amor...

Edmond largou abruptamente as mãos de Mercedes e recuou um passo.

– Madame, peço que se retire. – A expressão terna fora encoberta pela máscara de pedra do conde de Monte Cristo. – Retorne para casa com a certeza de que seu filho não sofrerá um só arranhão.

Mercedes respirou fundo antes de dizer:

– Meu caro conde, a idade pode ter me roubado o brilho dos olhos e a beleza do rosto, mas meu coração não mudou. E ele se alegra em ver que nunca se enganou a seu respeito.

– Adeus, condessa.

– Adeus... Edmond.

De pé à janela do escritório, Edmond observou a condessa de Morcerf caminhar até a carruagem.

– Que idiota eu sou – lamuriou-se Edmond. – Antes de sair para buscar vingança devia ter arrancado fora o meu coração.

31
ENCONTRO NO BOSQUE DE VINCENNES

AO RAIAR DO DIA, Edmond chamou Jacopo ao seu escritório.

– Tome – disse, estendendo-lhe um envelope. – Mande um mensageiro entregar este documento imediatamente ao tabelião. É meu testamento.

– Testamento? Patrão, aquele rapaz não tem a menor chance.

– Talvez as chances dele sejam maiores do que pensa, meu amigo. Agora, vamos nos preparar para sair. Você será a minha testemunha no duelo.

Albert chegou ao bosque de Vincennes com dez minutos de atraso, a inexperiência em duelos estampada nas roupas: casaco aberto exibindo colete branco e gravata – o mesmo que pintar um alvo no peito. Edmond notou que o rapaz tinha rosto pálido e olhos avermelhados e inchados, sinal de que não dormira. Maldição, será que ele também queria morrer?

– Senhor Monte Cristo, podemos conversar?

– Em particular, visconde?

– O que tenho a dizer deve ser ouvido por todos – frisou Albert, gesticulando para Jacopo e suas próprias testemunhas, que haviam comparecido pontualmente. – Quando o censurei por expor o passado de meu pai, não o fiz por acreditar na inocência dele, mas por achar que o senhor não tinha direito de puni-lo. Mas agora sei que qualquer vingança que queira desfechar contra meu pai é justa. É por isso que neste momento, diante dessas testemunhas, quero pedir que aceite minhas desculpas.

Com olhos marejados, Edmond estendeu a mão para Albert.

– Desculpas aceitas, visconde.

– Não serei mais visconde – disse, apertando-lhe a mão. – A partir de hoje, rejeito a fortuna, o título e o nome de meu pai. Serei Albert Herrera.

– O nome de solteira de sua mãe.

– Sim. Como já deve ter adivinhado, foi ela quem me contou tudo, inclusive o que o senhor pretendia fazer hoje.

– Sua mãe gostará de ver a nós dois vivos, Albert.

– Temo que não voltará a vê-la, senhor. Ela partiu esta manhã para se recolher a um convento. Também estou deixando Paris para recomeçar minha vida.

– Jacopo, pode me dar aquela bolsa que deixei com você? – pediu-lhe Edmond.

Jacopo entregou a Edmond uma sacolinha, que ele repassou a Albert.

– O que é isto? – perguntou Albert, surpreendendo-se com o peso.

– Algo que Jacopo teria lhe dado depois da minha morte. Um pedido de desculpas pelo tormento causado. Mas agora aceite como um presente de despedida.

Albert abriu a sacola, que estava abarrotada com pedras preciosas.

– Metade disto levarei para minha mãe, no convento. A outra metade usarei para recomeçar tudo longe daqui. – E num sussurro para que ninguém mais o ouvisse: – Obrigado, sr. Dantès.

Foram as últimas palavras que Edmond ouviu do jovem Albert Herrera, que montou em seu cavalo, rumo a uma nova vida.

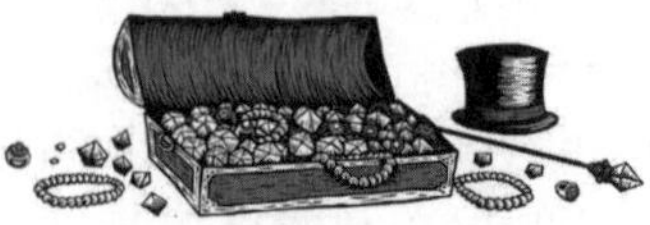

32 UMA QUESTÃO ÍNTIMA

O CONDE DE MORCERF PERDERA tudo: a esposa, o filho, a reputação. Em breve, a Coroa abriria um processo contra ele, para também privá-lo de sua fortuna. Restava-lhe a vida, mas, apesar de ter uma pistola nas mãos, faltava-lhe coragem para abdicar dessa última riqueza. Quando o rangido da porta do gabinete anunciou o intruso, empunhou a arma, apontando-a para o vulto que a luz da sala desenhava no pórtico.

– Quem é?

O vulto deu um passo à frente, permitindo que Morcerf discernisse o conde de Monte Cristo, também armado com uma pistola.

– Por que fez isso comigo, Monte Cristo? – inquiriu Morcerf. – Nós mal nos conhecemos.

– Engana-se. Conheço-o muito bem. Não é o soldado Fernand, que desertou na véspera da batalha de Waterloo? O capitão que conquistou uma vitória na Guerra Espanhola graças a contatos ilícitos? O coronel que traiu seu benfeitor, o paxá Ali?

– Estou em franca desvantagem, porque nada sei sobre seu passado.

– Então, peço que, por um momento, esqueça o cavalheiro abastado e conhecedor do mundo. Subtraia de mim 24 anos e restitua ao meu rosto a expressão de um jovem com a vida pela frente.

Morcerf fitou as profundezas os olhos do rival até reconhecê-lo.

– Edmond Dantès! Mas você... Você está...

– Preso no castelo d'If? Ou talvez já um cadáver mantido no fundo do oceano por um peso de ferro? Não, meu caro Fernand, estou aqui, à sua frente, armado com uma pistola. E como já nos conhecemos tão bem, podemos dispensar testemunhas e duelar até a morte.

Fernand sorriu, cruel.

– Não, Edmond. Se conhece tudo a meu respeito, sabe que nunca fui bom atirador. Só sobrevivi a tantas guerras graças à astúcia e ao desapego à vida dos meus subordinados. Não vou dar-lhe o prazer de me matar. Peço que se retire agora, pois tenho uma questão íntima a tratar.

Sem dar as costas ao seu inimigo, Edmond recuou até a sala e fechou a porta do escritório.

Atravessando o jardim da mansão dos Danglars, Edmond ouviu o estampido abafado, mas inconfundível, de uma pistola. Então subiu na carruagem com a certeza de que Fernand Mondego estava morto.

33
SEPARAÇÃO

A BARONESA FITAVA ATÔNITA a carta que, ao acordar, achara ao lado do travesseiro. Ainda não conseguia acreditar no que acabara de ler.

Minha querida esposa,

Quando acompanhar essas linhas, já não terá marido, porque estarei numa das quarenta estradas que conduzem para fora do país. A Casa Danglars faliu. Fujo com todos os fundos que restaram, pois pretendo reiniciar minha vida no exterior. Como em breve nossa residência será tomada para liquidação das dívidas, deixo a senhora entregue à bondade de seus parentes, na esperança de que lhe provenham abrigo e alimento.

Seu marido muito dedicado,
Barão de Danglars.

Hermine fora abandonada primeiro pela filha e agora pelo marido. Amassou a carta, o ódio fluindo em lágrimas. Sim, estava só, mas, ao contrário do que seu marido pensava, não precisaria se submeter à caridade de ninguém. Ao longo dos anos, a astuciosa dama sangrara lentamente os fundos de Danglars até acumular uma pequena fortuna. Hermine também sairia da França, mas provavelmente ainda mais rica que o marido. Enxugando as lágrimas, desatou a rir, o choque substituído pela euforia. Uma vida opulenta e regada a amantes jovens a aguardava. Não mais teria de satisfazer os caprichos da filha mimada, aturar o marido velho e avarento, ou se preocupar com esqueletos de recém-nascidos. Era uma mulher livre.

34
SURPRESA NA ESTRADA

DANGLARS SENTIA-SE MAIS SEGURO desde que chegara à Itália, onde não seria alcançado pelas autoridades francesas. Agora seu coche percorria a estrada que ligava Roma a Nápoles, onde pretendia alugar uma casa e começar a desfrutar de uma bem-vinda aposentadoria. Quando um grande peso pareceu cair no teto do veículo, Danglars se debruçou pela janela a tempo de ver o cocheiro ser empurrado de seu banco. Então o homem que saltara sobre a carruagem empunhou as rédeas e pôs os cavalos a pleno galope.

Sequestradores!, alarmou-se Danglars, recuando para abraçar a mala contendo 5 milhões de francos. Com uma guinada violenta, a carruagem entrou numa via secundária. Mais um impacto no teto e a porta foi aberta, dando passagem a um homem com pistola em punho e máscara preta na parte superior do rosto.

– Q-quem é você? – inquiriu Danglars.

Jacopo sorriu sob a máscara, satisfeito em ver que não fora reconhecido.

– Luigi Vampa, a seu dispor.

35
O JULGAMENTO

O CASO BENEDETTO gerou grande comoção pública. As figuras mais ilustres da sociedade disputaram lugares na plateia como se o tribunal fosse a Ópera de Paris em noite de abertura, e até Helloise Villefort, que não costumava acompanhar as atuações do marido, fez questão de comparecer.

Em meio a um silêncio profundo, o juiz, os jurados e o promotor régio ocuparam seus lugares. O juiz deu a palavra a Villefort, que se levantou para recitar os crimes dos quais Benedetto era acusado. Sentado ao lado de seu advogado, Benedetto ouviu o longo inventário com uma frieza que causava arrepios. Quando finalmente terminou a leitura, Villefort tinha nos lábios o sorriso de um carrasco.

– Acusado, declare seu nome e sobrenome – ordenou o juiz.

– Chamo-me Benedetto. Mas peço ao meritíssimo que me permita manter meu sobrenome em segredo até o final deste depoimento.

– É um pedido muito incomum. Qual é a razão?

– A razão, meritíssimo, é que meu sobrenome provará que sou uma exceção aos réus vulgares.

– Pedido consentido. Profissão?

– Salteador, atividade que ocasionalmente me obriga a tirar vidas.

– Idade?

– Completarei 21 anos dentro de poucos dias, pois nasci na noite de 27 para 28 de setembro de 1817.

Villefort, que fazia uma anotação, levantou os olhos do papel.

– Onde nasceu? – prosseguiu o juiz.

– Aqui mesmo em Paris. – O jovem deixou escapar uma risada curta. – Pode ser difícil de acreditar, mas vim ao mundo numa mansão. Fui tomado dos braços de minha mãe por meu próprio pai, que se encarregou de me entregar a um orfanato. Porém, meu pai era um homem mentiroso e covarde que, para salvar a reputação, preferiu me enterrar vivo no quintal. Para minha sorte, um dos criados viu tudo. Ele pegou um galho de árvore e acertou a cabeça de meu pai, privando-o dos sentidos. Então, decidiu me criar como se fosse seu próprio filho.

Villefort agora estava branco como cera, os olhos arregalados como se fitasse a cabeça da mitológica Medusa.

– E como sabe de tantos detalhes, se era apenas um recém-nascido?

– Porque, sendo filho de um mentiroso e covarde, não me tornei muito melhor que ele. Um dia, meu pai adotivo descobriu que eu era um ladrão, ficou furioso e me contou tudo.

Villefort levou a mão à testa, que de pálida ficara vermelha, como se ardesse em febre.

– Está se sentindo bem, senhor promotor? – perguntou Benedetto.

– O réu não deve se dirigir ao promotor sem ser requisitado – ralhou o juiz. – E então, já pode nos dizer o seu sobrenome?

– É aquele que herdei de meu pai.

– E quem é seu pai?

– Por que não pergunta ao ilustre promotor?

Todos os olhos se voltaram para Villefort.

– Sr. de Villefort, sabe do que o réu está falando? – inquiriu o juiz.

– S-sim, eu sei. O pai do réu... sou eu. – A plateia em coro arfou de espanto. – Meritíssimo, foi a mão vingadora de Deus que trouxe esse jovem até aqui. Reconheço a verdade de cada palavra proferida por ele. Benedetto é o filho perdido de um representante do rei, e como tal, merecedor de condições atenuantes em seu julgamento.

Um grito de mulher soou da assistência. Era Helloise, que saiu correndo da sala do tribunal. Em meio ao caos que se seguiu, o juiz declarou que um novo promotor seria designado para o caso e suspendeu a sessão.

36 EXPIAÇÃO

DIRIGIR-SE À SAÍDA foi mais uma tortura para Villefort, porque os espectadores invadiram o corredor central da sala de audiência para crivá-lo com perguntas. Quando alcançou a última fileira da plateia, viu que um único homem permanecia sentado. Era Monte Cristo, que não parecia nem um pouco surpreso com o que acontecera. Quando o conde o cumprimentou com um leve meneio de cabeça, Villefort notou uma estranha expressão em seus olhos. Seria... triunfo?

Percorrendo as ruas de Paris em sua carruagem, Villefort elaborou uma teoria ousada. E se Monte Cristo estivesse por trás de tudo? E se tivesse vasculhado seu passado até descobrir aquele segredo abominável, talvez por intermédio do ex-criado que salvara e adotara o bebê? Depois disso, seria necessário apenas criar uma situação em que se expusesse a Benedetto como vítima, para capturá-lo e entregá-lo à justiça.

Mas por que Monte Cristo teria dedicado tanto tempo de pesquisa e intricada maquinação com o único propósito de arruiná-lo?

Vingança, era a única resposta. Mas pelo quê? Villefort pisara em tantas pessoas para ascender na vida que não conseguia decidir por um única vítima. Mas, entre todos os rostos que lhe vieram à mente, um se destacou. O rosto de um homem inocente que detivera uma informação comprometedora à reputação dos Villefort. Qual era mesmo seu nome? Edmond de Tal. Mas Edmond de Tal, se ainda vivia, estava preso no castelo d'If!

Villefort afastou esses pensamentos quando a carruagem parou diante de sua mansão. Agora devia concentrar-se apenas em Helloise. Precisava convencer a esposa de que, apesar de todos os erros cometidos, amava-a profundamente, bem como ao filho.

– Helloise! – gritou ao entrar na sala. Mas não obteve qualquer resposta.

Subindo a escada para o segundo pavimento, encontrou a porta do quarto de Edouard aberta, a cama vazia. Com pânico crescendo no peito, correu até a suíte do casal. A fechadura fora trancada por dentro. Usando de uma força de que não sabia dispor, arremeteu o ombro repetidas vezes contra a madeira dura até arrombar a porta. Helloise estava deitada na cama, abraçada a Edouard, a mão livre crispada na garrafinha de remédio que ganhara de Monte Cristo. A garrafa estava vazia; ela e o menino, mortos.

O grito de agonia acordou os criados, que correram até a suíte. Deram com o cadáver da mãe e do filho, mas não acharam o pai. Villefort só reapareceu na manhã do dia seguinte, quando um mensageiro chamou a polícia à Champs-Élysées 30. O promotor régio estava no quintal do conde de Monte Cristo. Os olhos velados pela loucura, escavava buracos com as próprias mãos. Dizia procurar pelo esqueleto de um bebê.

37
SERVIÇO DE QUARTO

HAVIA 15 DIAS que Danglars estava trancafiado no covil de Luigi Vampa. A canela algemada ao pé da cama de ferro era seu único conforto. Por algum motivo, os bandidos haviam lhe tomado todos os pertences, menos um: a mala que continha os 5 milhões de francos era mantida a pleno alcance de suas mãos. Mas, se não era dinheiro que desejavam, o que seria? Talvez fossem apenas homens perversos que gostavam de torturar os viajantes, porque além de lhe privar de qualquer alimento, faziam questão de fazer todas as refeições bem na sua frente.

– Comida, pelo amor de Deus!

Vampa, que até agora ignorara os apelos de Danglars, parou de comer e lhe estendeu uma coxa de frango. O ex-banqueiro esticou o braço, mas Vampa recolheu a coxa.

– Se quer comida, terá de pagar por ela.

– Pago o que quiser, mas me dê algo para comer!

– Esta coxa custa 100 mil francos.

– O quê? Com 100 mil francos eu poderia comer por um ano nos melhores restaurantes de Roma!

– Imaginei que um agiota compreenderia a lei da oferta e da procura.

– Está bem! – Danglars abriu a mala e retirou um maço de notas. – Tome. Agora, me dê comida!

Vampa trocou o dinheiro pela coxa de frango.

– Foi um prazer fazer negócio com o senhor – disse sardônico.

A mesma situação se repetiu todos os dias. Danglars pedia comida e Vampa cobrava uma quantia exorbitante por uma fruta, um pedaço de pão, um naco de carne. Ao cabo de três semanas, a mala de Danglars estava vazia.

– Comida...

– O senhor tem dinheiro? – perguntou Vampa.

– Sabe que não!

– Então não terá comida.

– Por favor, não tenho mais dinheiro e ninguém em Paris pagará um centavo por mim. Deixe-me ir embora.

– Não sou eu quem decide isso.

– Não? – espantou-se Danglars. – Pensei que você era o chefe.

– Sou o chefe desses homens – disse gesticulando para o bando mal-encarado às suas costas. – Mas eu também tenho um patrão.

– E onde ele está?

Nesse momento, a porta do esconderijo foi aberta, revelando uma silhueta desenhada contra a claridade do dia.

– Aqui – disse um homem num tom que arrepiou os pelos da nuca de Danglars.

– Tenha piedade, senhor, porque já sofri muito – rogou Danglars.

– Sofreu? Permaneceu preso pouco mais de um mês e julga isso sofrimento?

– É sofrimento para mim, que estou acostumado às coisas boas da vida.

– Se passar um mês preso e com pouca comida lhe foi tão doloroso, pense como seria ficar anos trancafiado sozinho numa masmorra, tendo por alimento apenas uma tigela de sopa por dia.

– É uma tortura que não desejo nem ao meu pior inimigo!

– Não? – retorquiu o homem, o rosto ainda silhuetado pela luz externa. – E se lhe dissesse que já passei por isso, e que você foi um dos causadores?

– E-eu? – balbuciou Danglars.

– Sim, você. Por sua causa, passei mais de quatorze anos preso. Ainda por sua causa, perdi um navio, um pai, uma noiva.

Danglars arregalou olhos horrorizados.

– N-não! Pensei que, depois de tantos anos, você estivesse morto!

– Na verdade, pela primeira vez em muito tempo, começo a me sentir vivo.

– Edmond Dantès! – Danglars se deixou cair de joelhos. – Sim, tem razão. Fui um dos causadores de todo o sofrimento que você passou. Pelo amor de Deus, me perdoe!

– Diz isso apenas para que eu o liberte?

– Não... – A voz embargou. – Digo isso porque, neste momento, sou completamente capaz de entender tudo pelo que você passou.

– Então eu o perdoo – disse Edmond, fechando a porta atrás de si. Eliminada a contraluz, seu rosto se revelou.

– Mas você... Você é o conde de Monte Cristo! – assombrou-se Danglars.

Edmond gesticulou para Jacopo abrir a algema que o prendia.

– Está livre. E agradeça a Deus por isso, porque seus cúmplices não tiveram a mesma sorte. Caderousse foi assassinado por um assecla. Morcerf tirou a própria vida. Villefort enlouqueceu. Quanto a você, Danglars, eu o deixarei sem dinheiro nem título de nobreza. Terá de recomeçar tudo do nada, como eu tive de fazer. Tem certeza de que não prefere a morte?

– Não, eu quero viver! – gritou, rosto lavado em lágrimas.

Edmond abriu a porta.

– Então pegue toda a comida que puder carregar e vá embora. Boa sorte em sua nova vida.

38
O FIM E O INÍCIO

DURANTE UM QUARTO DE SÉCULO, apenas uma coisa concedera a Edmond Dantès a energia necessária para se levantar todos os dias. Mas agora que sua vingança estava consumada, que função dar aos anos que lhe restavam? O que fazer com o tesouro da ilha de Monte Cristo?

O *tesouro*, pensou Edmond, a resposta subitamente clara na cabeça. A herança do abade fora um elemento fundamental em seu plano de vingança, e agora era a chave do seu futuro.

Uma batida delicada soou na porta do gabinete.

– Entre – disse Edmond.

Era Haydée.

– Queria falar comigo, meu conde?

– Sim. Como sabe, cumpri meu objetivo.

– Sim, e graças ao senhor, também cumpri o meu.

– Estamos vingados, e isso significa que estamos livres. Aliás, acabo de decidir o que farei até o final de meus dias.

– Pode me contar?

– Claro, a partir de agora não tenho mais segredos. Utilizarei o tesouro de Monte Cristo para cumprir o objetivo original de meu tutor. O mesmo dinheiro que causou a ruína de tantas pessoas agora levará o bem a outras.

– É um nobre plano.

– E você também precisa pensar no seu futuro. Encontrar um homem para amar, por exemplo.

Haydée segurou ambas as mãos de Edmond.

– Eu já o encontrei há muitos anos. Quando era criança, você tomou o lugar do paxá Ali em minha vida, mas nunca o vi realmente como um pai.

– Haydée, por acaso não está dizendo...

Haydée beijou-o delicadamente nos lábios.

– Esperei mais de dez anos por isso.

Edmond fitou os belos olhos castanhos de Haydée e descobriu que finalmente havia em seu coração espaço para o amor.

– Minha querida, deve ter sido doloroso esperar tanto.

– Mas valeu a pena. – Haydée sorriu. – Sabe, há muito tempo me ensinaram que toda sabedoria humana pode ser resumida a duas coisas: esperar e ter esperança.

OLHO POR OLHO

Sylvio Gonçalves

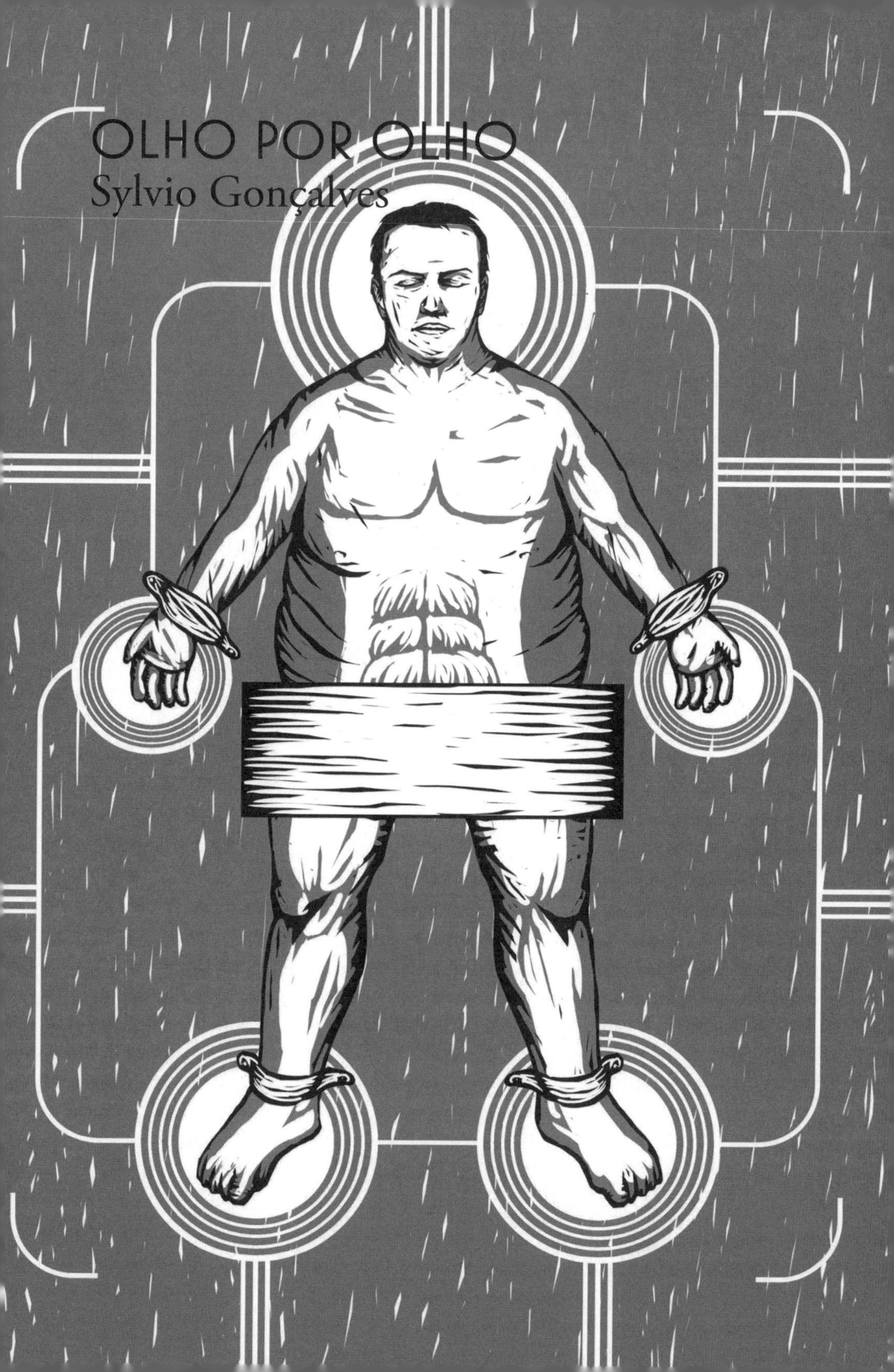

SYLVIO GONÇALVES.

Carioca, nasceu em 20 de abril de 1967. Formou-se em Jornalismo e Cinema. É casado com a professora de Comunicação Fátima Regis desde 1993. O casal tem uma filha, Luísa, nascida em 2005.
Sylvio se define um homem "apaixonado pelas histórias", tanto visuais como literárias. Entre seus filmes favoritos, está 2001: uma odisseia no espaço, *de Stanley Kubrick, e* Duas garotas românticas, *de Jacques Demy. Dedicou-se profissionalmente a esses amores. Como jornalista, especializou-se em cinema na mídia escrita e no rádio. Colaborou na revista* Cinemin *de 1989 a 2003, escrevendo sobre filmes clássicos e criticando lançamentos. Foi colunista de cinema no programa* Revista *e produtor do programa* Cinemúsica *na rádio* MEC *de 1994 a 1997. Está sempre informado sobre o Oscar, a grande premiação do cinema norte-americano: desde 2005, faz a atualização da obra de Fernando Albagli* Tudo sobre o Oscar, *publicado pela editora Zit.*
Como ficcionista, é autor de roteiros e livros. Dirigiu e escreveu os curtas Play-Rec *(1992) e* Roleta *(2002). Escreveu o roteiro do longa-metragem* Sem controle, *de Cris D'Amato (2007). Integrou a equipe de roteiristas do seriado de televisão* As brasileiras *(2011). É autor dos livros infantojuvenis* Liberdade virtual *e* Saci à solta, *publicados pela editora Saraiva. Como tradutor, verteu para o português mais de duzentos títulos, de escritores como Ira Levin, Ian Fleming e Mario Puzo.*
Ao adaptar os clássicos para o volume Três vinganças, *Sylvio surpreendeu-se:* "Como a maior parte dos fãs de literatura, tive meu primeiro contato com clássicos ainda criança, por meio de adaptações semelhantes às da coleção **Três por Três**. *Moby Dick* eu li nessa época e não reli o texto original até ser convidado para participar desta coleção. *O conde de Monte Cristo* é até hoje uma das minhas histórias favoritas. Julgava conhecer bem a trama até ter de destrinchá-la para a adaptação. Só então me dei conta do quanto os ardis elaborados por Edmond Dantès são diabolicamente intrincados e do quanto é difícil simplificá-los".
Autor de Olho por olho, *procurou também desenvolver uma trama ardilosa. Afirma que* "parti da lição ensinada por Dumas: o protagonista de uma história de vingança precisa de uma motivação fortíssima". *Sem dúvida, conseguiu desenvolver um enredo com um personagem bem motivado. O seu jovem Artur Leal nada fica devendo a Edmond Dantès e ao capitão Ahab, os outros vingativos protagonistas de* Três vinganças.
Para saber mais sobre o autor, visite: www.sylviogoncalves.com.br.

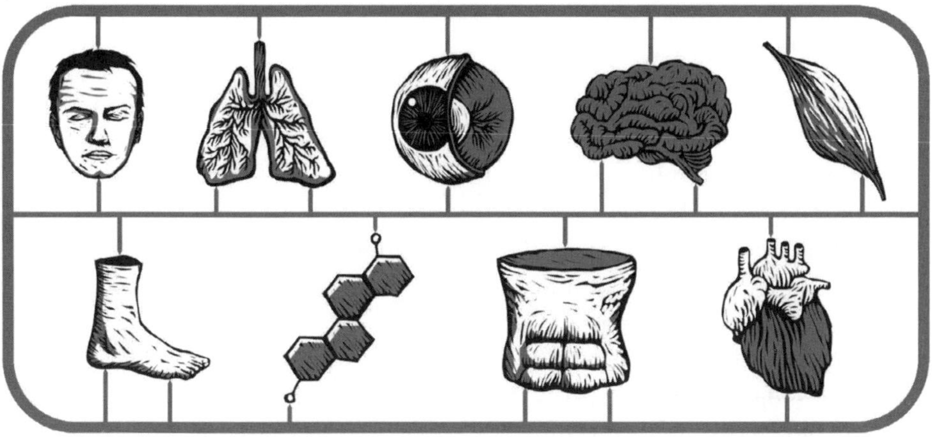

1
FACE

AINDA TÔ DORMINDO, só pode ser.

Artur esfrega os olhos, mas não adianta, a visão continua ali no espelho – barriga enorme, braços flácidos, pescoço grosso, meio encoberto pela papada gelatinosa. O corpo de um coroa que não se cuida há tempos.

Que parada tensa.

Afinal, ele não é essa coisa disforme. Tem dezoito anos, pele lisa, musculatura definida. O físico que vê refletido não é dele. E muito menos a face.

Caminhando trôpego até o armário, assusta o gato, que corre para debaixo da cama. Artur tenta se vestir, mas quando a calça não passa das coxas grossas, sai do quarto só de cueca. No corredor da mansão, escuta vozes subindo do térreo. Ótimo, quanto mais gente pra ajudar a entender esta doideira, melhor. Desce os degraus de mármore da escadaria, mas só quando chega ao patamar é que vê quem estava falando.

Na sala, estão os doze diretores da empresa fundada pelo pai dele. Ernesto, chefe da diretoria, detém a taça de vinho a meio caminho da boca. Agora todos estão calados, fitando-o como se nunca tivessem visto um obeso de cueca. Mas onde está o...?

A porta da sala se abre para revelar um jovem atlético, vestido como jogador de tênis e empunhando raquete. Artur demora a compreender e olha para o seu verdadeiro corpo. E só há uma pessoa que pode estar dentro dele.

– O que você fez comigo? – pergunta Artur.

– Eu? – O tenista ri sem jeito. – Não sei do que você tá falando.

– Agora tô lembrando de tudo. – Artur continua a descer a escadaria. – A gente tava lá embaixo, no laboratório. Você me deu uma injeção no braço e eu apaguei. – Olhando para Ernesto, explica: – Era parte de uma experiência. Disse que, estudando meus genes, ia encontrar uma maneira de curar a obesidade dele.

– Quer dizer, a *sua* obesidade – diz o tenista. – Minha saúde é de ferro.

– Não, não é. Terminando de descer a escada, Artur aponta para o tenista. – Esse cara aí é o meu pai.

Os executivos se entreolham e trocam risos nervosos.

– É verdade. – insiste Artur. – Não sei como, mas ele roubou o meu corpo.

Ernesto pousa a taça de vinho numa mesinha e se dirige ao gordo seminu.

– Bernardo, meu amigo, está se sentindo bem?

– Bernardo é *ele*!

– Papai, para com isso – manifesta-se o tenista. – Tá me deixando preocupado.

É cinismo demais para o autocontrole de Artur, que avança, braços esticados para o pescoço do tenista.

– Devolve o meu corpo!

Mas Artur logo percebe o quanto seu novo físico é debilitado. A corrida entre o pé da escadaria e o meio da sala já começa a lhe tomar o fôlego quando alguém o imobiliza. Olha para trás e vê que é Marcos, ex-campeão de luta livre e braço direito do pai. Artur não tem a menor chance contra ele.

– Calma, chefe – diz Marcos com voz macia.

Ignorando Marcos, o jovem-em-pele-de-velho continua berrando para o velho-em-pele-de-jovem:

– Pai! Você vai se arrepender pelo que fez comigo! Juro que vai!

2 BRÔNQUIO

ARTUR FORA DOMINADO com tanta facilidade que os enfermeiros haviam dispensado a camisa de força. Agora, sentado no helicóptero de resgate, assiste calado ao debate no jardim. Ernesto e os outros diretores têm um grande problema nas mãos: com Bernardo Leal internado numa clínica psiquiátrica, quem vai governar o império?

Artur olha para o segundo andar da residência. É estranho ver a si mesmo parado ali na janela, acariciando o gato. Pena que está longe demais para discernir se a expressão no rosto jovem é de remorso ou triunfo.

O helicóptero decola, superando rápido os quatro pavimentos da mansão para expor quadras poliesportivas e de tênis, piscina olímpica e pista de atletismo. Durante anos, Artur treinara ali sob a supervisão dos melhores instrutores que o dinheiro podia pagar. A escola que frequentara junto com os filhos dos funcionários é a última coisa que vê da ilha; logo as janelas da aeronave enquadram apenas mar e céu azuis.

Um dos enfermeiros acende um cigarro. Fumar dentro de uma aeronave é errado sob tantos aspectos que Artur não tem como conter uma cara feia. Interpretando mal a expressão, o homem lhe oferece o maço. Nesse momento, acontece uma coisa muito estranha.

Sem se dar conta, Artur estende a mão para pegar um cigarro e pedir o isqueiro. Atrapalha-se todo para acender o cilindro de papel e tabaco; a mente não sabe como fazer. Mas o coração bate forte, a testa transpira, as veias pulsam.

O *corpo do pai* quer fumar.

3
VÍTREO

A MOSCA VOA diante da superfície branca, mas jamais pousa nela. Quando Artur fixa o olhar na parede acolchoada, a mosca desce lenta como uma pena. Quando mexe os olhos, a mosca também se move, mantendo-se no centro de seu campo de visão. Na primeira vez que Artur reclamara disso, o enfermeiro garantira não ver inseto nenhum. E olhara para ele como quem pensa, “coitado, pirou mesmo”.

Todas as manhãs Artur é retirado da cela de isolamento e levado ao consultório da psiquiatra. O discurso da dra. Márcia é sempre igual: a crença na troca de corpo é uma crise de meia-idade, uma forma da mente enfrentar o desafio do envelhecimento etc. e tal. Ao término de cada sessão, a doutora anota alguma coisa num iPad. Certa vez Artur espiou o *tablet* e viu seu diagnóstico: esquizofrenia paranoide.

Depois de cada consulta, Artur é devolvido para a cela, a música suave que desce do teto, e a mosca. E, claro, as refeições. Nunca sentiu tanta fome. A consciência diz que o prato que ele recebe do enfermeiro tem todas as calorias e os nutrientes de que precisa, mas a barriga imensa ronca, exigindo mais. E Artur atende à sua mestra. Pede um segundo e um terceiro prato, até sentir o estômago preenchido.

Mas há outras exigências do corpo de Bernardo que Artur não pode atender. Quando os exames clínicos haviam indicado dependência de várias substâncias nocivas, Artur fora submetido a um regime de desintoxicação. Em termos práticos, isso significara uma torturante privação de substâncias que Artur, na verdade, jamais ingerira. Depois de trinta dias de falta de ar, boca seca e taquicardia, começara a sentir-se melhor. Mas o toxicologista deixara claro que, embora o tratamento tivesse limpado o organismo, o mecanismo do vício continuaria existindo nas células cerebrais. Portanto, Artur ainda teria de resistir ao impulso de fumar e beber.

A clínica oferece a Artur consultas periódicas com médicos de outras especialidades, inclusive um oftalmologista. Quando tinha se queixado da mosca que apenas ele via, o médico explicara que o ponto preto era uma sombra projetada por uma degeneração do vítreo, o líquido que preenche o globo ocular.

– É conhecida como "mosca volante", uma condição inofensiva e muito comum em indivíduos na faixa dos cinquenta, como o senhor – acrescentara o oftalmologista.

Sim, como eu.

Artur passa seus dias rasgando-se de ódio. Quer sair dali, encontrar o pai e então... Não, isso não.

Não sou vingativo.

Artur quer de volta o que é seu. Apenas isso.

E mais do que tudo, pensa ao espanar o ponto preto à sua frente, *quero me livrar dessa maldita mosca!*

4
CÉREBRO

A ÚNICA VANTAGEM DO ISOLAMENTO é que dá a Artur tempo de sobra para pensar. Recordar tudo que sabe sobre o pai, refletir sobre o seu relacionamento com ele. Talvez achar uma saída para a sua estranha condição.

Bernardo Leal era, pura e simplesmente, um gênio. Aos quinze anos, registrara a primeira patente, sobre uma bugiganga que, na época, havia se revelado vital para o campo da robótica. Aos dezoito, ingressara simultaneamente em duas faculdades do MIT, o Instituto de Tecnologia de Massachusetts. Aos 25, já ganhara uma fortuna com invenções, e a mesma inteligência que o destacara em campos aparentemente díspares, como engenharia e neurociências, também se manifestara nos negócios. Bernardo aplicara cada centavo na própria empresa, transformando-a na mais importante desenvolvedora de nanotecnologia do mundo.

De traços finos e corpo esbelto, Bernardo havia conservado um jeito de adolescente tímido até o meio da casa dos trinta, quando vivera três fatos marcantes num espaço de poucos meses: o casamento com a secretária, o nascimento do herdeiro e a morte da esposa num acidente de carro.

Com a tragédia, Bernardo, que já era um homem reservado, tornara-se um recluso. Entregando o comando da empresa a uma junta de diretores, mudara-se com o filho para uma mansão construída no centro de uma ilha privativa.

Para a imprensa internacional, Bernardo havia optado por uma aposentadoria prematura, mas nada podia estar mais distante da verdade.

O cientista construíra um laboratório de alta tecnologia no subsolo da mansão. Ali, sem recorrer a assistentes, entregara-se de corpo e alma a um projeto confidencial. Sua dedicação ao trabalho era tanta que às vezes passava dias sem ver o filho. Além de prejudicar sua convivência com Artur, a obsessão também afetara a saúde de Bernardo. Sem tempo para lazer, seus únicos confortos tinham sido comida, fumo e álcool, sempre consumidos em doses cavalares.

As consequências da vida sedentária não haviam demorado a se manifestar. As fotos das festas de aniversário de Artur registravam o processo de degeneração física de Bernardo no espaço de uma década: de moreno a lívido, de jovial a envelhecido, de magro a obeso mórbido.

Curiosamente, esse homem tão relapso com o próprio corpo incentivara o filho a seguir uma rigorosa rotina de atividades esportivas. Depois das aulas matinais na escola da ilha, Artur praticara natação, corrida e ciclismo. À noite, tivera aulas de artes marciais que variavam da capoeira ao *kung fu*. Com tudo isso somado a muitas sessões de alongamento e ao acompanhamento contínuo de uma nutricionista, o cotidiano de Artur fora digno de um guerreiro da antiga Esparta.

Ocasionalmente, algum professor desaprovara essa imposição de exercícios. Certa vez, o próprio Artur tinha confessado ao pai que temia não estar dedicando tempo suficiente aos estudos.

– Artur, eu sei que parece estranho um cientista estimular o próprio filho a desenvolver mais o físico que o intelecto – reconhecera Bernardo. – Mas a triste verdade é que todo filho de pai obeso tem predisposição a sofrer do mesmo mal. E não quero que faça com o seu corpo o que fiz com o meu.

Naquele dia, Artur acreditara nas boas intenções do pai, mas agora sabia a verdade. Tudo, desde o início, tinha sido parte de um plano. Bernardo nunca havia cuidado da saúde porque esperava um dia alcançar o objetivo das experiências: transferir a sua mente para outro corpo. Mas, para isso, Bernardo precisava dispor de um corpo que gozasse de saúde perfeita e que tivesse algum grau de compatibilidade com o dele.

E Artur era esse corpo.

Desde o dia em que nasceu, Artur significara apenas isso para o pai. Um conjunto de esqueleto, órgãos, tecidos. Uma cobaia a ser nutrida e aprimorada até o tão aguardado dia da transferência.

A porta do quarto de isolamento se abre, interrompendo a reflexão de Artur. É Ademir, o enfermeiro que lhe oferecera um cigarro no helicóptero.

– Hora da médica de doido? – pergunta Artur.

– Só daqui a pouco. Vim mais cedo pra trazer uma boa notícia. O toxicologista te deu alta. Não precisa mais ficar aqui.

– Então posso sair da clínica? – Artur se levanta todo animado.

Ademir sorri melancólico.

– Não, ainda não. Quis dizer que você não precisa ficar neste quarto de isolamento. Vamos te transferir pra um quarto normal. E como não é mais um risco pra si mesmo, vai poder circular em liberdade pela instituição.

– E quando vou poder sair da clínica?

– Vai depender de uma alta psiquiátrica.

– Entendo.

Até agora sempre relatara a mesma história à psiquiatra. Era Artur, um jovem de dezoito anos preso no corpo de um homem de cinquenta. Enquanto continuasse a insistir nisso, seria considerado desequilibrado. Para sair da clínica, deve mentir, entrar no consultório da dra. Márcia e lhe dizer que é Bernardo Leal e que a história sobre a troca de corpos era um pesadelo do qual começava a despertar.

Aproveitando que ainda está cedo para a consulta, Ademir leva Artur para conhecer a clínica. Logo percebe que está internado numa instituição moderna e luxuosa, destinada à nata da sociedade... ou, talvez, a seu leite estragado. Chega até a cruzar com alguns internos cujos rostos já viu em revistas de celebridades. Guiado por Ademir, Artur visita um auditório, uma oficina de cerâmica e uma sala de dança equipada com espelho e barra. Finalmente, os dois entram numa sala de musculação.

– Vocês têm tudo aqui! – admira-se Artur. – *Pulley*, supino, remada...

– Na área externa, contamos com uma piscina semiolímpica e quadras esportivas. Está tudo à disposição dos pacientes, sob a orientação de instrutores especializados, claro – explica Ademir sem esconder a surpresa. Como um homem claramente sedentário como Bernardo Leal pode ter tanta familiaridade com aqueles equipamentos?

* * *

Artur senta-se diante da mesa da dra. Márcia, que o cumprimenta da mesma forma como faz todos os dias.

– Olá, sr. Bernardo. Como vai?

– Muito bem. Mas já lhe disse, meu nome é *Artur*.

Exalando um suspiro quase imperceptível, a psiquiatra anota alguma coisa no iPad. Na certa, que seu paciente ainda não apresenta sinal de progresso.

E é exatamente isso que a doutora deve pensar. Porque Artur quer ficar mais algum tempo na clínica. Como seu pai, ele agora tem um plano.

5
TENDÃO

Os professores da escola da ilha pegavam leve comigo. As ordens que vinham de cima eram claras: as atividades esportivas do Artur não deviam ser prejudicadas pelos estudos. Bom, posso não sacar muito de matemática ou geografia, mas isso não quer dizer que eu seja um idiota. Sempre que meus treinadores alteravam a minha rotina de exercícios, ou os nutricionistas adaptavam a minha dieta, eu queria saber o motivo. O que aprendi sobre o funcionamento do corpo humano deve ter valido por um curso universitário de educação física.

Agora está na hora de aplicar o que sei. Vou usar cada pausa entre as consultas com a dra. Márcia e as sessões de terapia em grupo pra botar este corpo em forma. Pode soar esquisito, mas vou ser o meu próprio personal trainer. *Todo o progresso será registrado neste diário. Como aqui na clínica sou um completo excluído digital, terei de usar papel e caneta. O chato é que escrever a mão me deixa com uma dor desgraçada no pulso.*

Bom, vamos lá.

16/12

6:00, avaliação. *O mostrador da balança marcou 153 quilos e 16 gramas. A circunferência abdominal também é desanimadora: 171 centímetros. Para piorar, o coroa mede apenas 1,76. Olhando o lado positivo: gente tão pesada costuma ter colesterol e glicose lá em cima, mas os níveis deste corpo estão dentro do tolerável.*

6:15, desjejum. *Melão, ricota, uma fatia de pão integral, chá de erva-doce.*

6:45, caminhada. *Iniciei um percurso lento pela área da clínica. Não devo ter andado mais de dois quilômetros e logo precisei me encostar no muro, exausto. O descanso foi longo, o que não é ruim: o corpo precisa de pausas pra transformar gordura em músculo.*

9:00, colação. *Para que o metabolismo queime o máximo de gordura, vou me alimentar de três em três horas. A refeição consistiu de uma tangerina. Quando terminei, juro que ouvi a barriga roncar decepcionada.*

10:00, hidroginástica. *Depois de ler o atestado médico, a professora perguntou qual era o objetivo do meu programa de exercícios. Respondi: "Perder 50 quilos de gordura e repor outros 30 com massa muscular, chegando a 22 de índice de massa corporal e uma circunferência abdominal de 79 centímetros. Tudo isso sem bomba, lipoaspiração ou cirurgia de estômago." A professora apenas balançou de leve a cabeça, sabe que é bom não contrariar maluco.*

12:00, almoço. *Duas colheres de arroz integral, filé de frango grelhado, salada verde. Para beber, suco de limão puro. Se a barriga do meu pai tivesse vida própria, teria pulado na macarronada do doido ao lado.*

13:30, natação. *O professor pediu pra mostrar o que sei fazer. Soltei 25 metros de* crawl, *mas cheguei do outro lado com o coração na boca. Ele elogiou a minha técnica, mas recomendou segurar a onda no começo.*

15:00, lanche da tarde. *É isso aí, barriga, outra tangerina.*

16:45, caminhada. *Percorri a mesma distância da manhã.*

18:00, jantar. *Sopa de legumes e uma torrada. Para acompanhar, suco de limão. De sobremesa, gelatina dietética.*

20:30, avaliação. *Um grama a mais. O que engorda esta porcaria de corpo? Ar?*

21:00, repouso. *Voltei pro quarto sentindo cada músculo latejando. Já estou com fome, mas antes de dormir farei a ceia. Isso aí, barriga, acertou o cardápio.*

A folha de papel está coberta com a minha letra redonda, que sempre me pareceu meio infantil. Mas, pela primeira vez, o pulso não dói por ter escrito muito. Parece que falta de propensão à tendinite é a primeira vantagem do corpo de meu pai... talvez a única.

6
TORNOZELO

22/12. *A dra. Márcia tá me dando a maior força. Ela diz que melhorar o físico será ótimo pra minha autoestima. Só na primeira semana, perdi mais de três quilos, mas tento não me animar; sei que quanto maior o peso, maior a perda inicial.*

25/12. *Estou chegando ao final de cada dia menos cansado, mas ainda não tá na hora de apertar o exercício. Não quero arriscar uma lesão. Agora tá rolando a ceia de Natal dos malucos. Pra evitar a tentação, vim pro quarto.*

5/1. *Alguns pacientes da clínica são muito agitados; outros, paradões. Mas tem uns que parecem tão normais que nem sei por que estão aqui. Tipo a garota que trouxeram na semana passada. Linda! Tem uns olhos verdes que me deixam tonto. Claro que ela nem sabe que eu existo. Por que iria notar um coroa que agora, além de obeso, está grisalho? Pois é, descobri que meu pai até que tem alguma vaidade. O safado pintava o cabelo.*

14/1. *Comecei a malhar. Basicamente exercícios para as pernas, com pouquíssima carga. Tenho de reforçar a musculatura pra proteger os ligamentos dos joelhos. Só aí vou poder intensificar a caminhada. Ah, mandei o barbeiro passar máquina zero na minha cabeça.*

25/2. *131 quilos. O professor da musculação modificou minha série, intensificando os exercícios de braços e peitoral. Também aumentou o peso pras pernas. Apertei o ritmo da caminhada.*

17/4. *Hoje vi um gatinho no jardim e lembrei do Flick. Espero que Bernardo esteja cuidando bem dele. Ainda estou pesado (118 quilos), mas sinto os músculos das pernas mais firmes. Comecei a correr.*

25/5. *A clínica não oferece aulas de artes marciais pra não estimular a agressividade. Treino sozinho alguns movimentos de caratê e* kung fu. *Como sempre, sofro a defasagem entre o que a mente sabe e o que o corpo consegue fazer. Quero levantar a perna acima da cabeça, socar mais rápido, mas os músculos e articulações deste bolo de carne não dão conta.*

2/6. *Ferrei tudo!*

3/6. *Imbecil. É isso que sou: um imbecil.*

4/6. *Ainda sem vontade de escrever.*

5/6. *Tá, o negócio é o seguinte. Sabia que estava puxando demais na corrida, mas não reduzi o ritmo. Há três dias, subia uma ladeira quando senti uma pontada no pé esquerdo. Na hora não doeu nada, mas depois... caraca! O doutor disse que era uma lesão no ligamento do tornozelo, botou uma tala e recomendou repouso. A barriga está adorando; com a ansiedade, relaxei a dieta.*

8/6. *Quando a dra. Márcia chegou hoje, me pegou com um mau humor miserável. Eu disse a ela: vem cá, se sou mesmo Bernardo Leal, cadê o pessoal da empresa, que não me visita? E por que o meu filho nem me telefona? A psiquiatra mudou de assunto rapidinho.*

10/6. *Saí da cama, mas ainda estou de muleta. Incrível a facilidade com que este corpo engorda: ganhei quatro quilos! Por causa da tala, não posso fazer hidro nem natação, mas voltei a malhar. Estou me concentrando nos braços e no peitoral.*

15/6. *Tirei a tala. Ainda capengo um pouco. Caminhada, nem pensar. Pelo menos voltei à aula de hidro. Na natação, braçadas usando* pullboy. *Baixei pra 118. Preciso fortificar as pernas pra voltar a correr.*

22/7. *Retomei as caminhadas. A única vantagem de ter passado um tempo maneirando nos exercícios de perna é que me concentrei na parte superior do corpo. Agora tô com bíceps e tríceps torneados e começando a abrir peito. Meu corpo de verdade nunca foi muito forte. Até puxava ferro, mas, como tinha propensão à tendinite, não exagerava no levantamento de peso. O físico do meu pai é mais apropriado à musculação pesada. Preciso investir nisso.*

2/8. Os ligamentos e tendões das pernas estão fortalecidos, protegendo bem as rótulas. Tô correndo de novo. Ainda sinto uma pontinha de dor no tornozelo, mas isso é bom: não me deixa esquecer os limites deste corpo.

13/9. A perda de peso e o desenvolvimento da musculatura superior surtiram efeito na natação. O tempo de 41 segundos nos 50 metros de borboleta já faria de mim um concorrente sério no circuito amador. Agora tento passar dos 100 metros nadando submerso.

15/10. Dezenove anos. O aniversário mais solitário da minha vida. Passei o dia me segurando pra não chorar. Saudade de mim mesmo.

31/10. Pular corda é ótimo pra aumentar a resistência e fortalecer os músculos inferiores. O chato é aturar a pança sacolejando.

23/11. Não adianta. Por mais que eu me esforce, não consigo me livrar da gordura abdominal. Ainda estou com 110 centímetros de barriga. Se não perder mais quinze não terei como executar uma parte crucial do meu plano.

25/12. Por esse presentão de Natal eu não esperava! Durante a ceia, flagrei a garota de olhos verdes me secando! É isso aí: posso não ter barriga de tanquinho, mas, com oitenta quilos, musculatura definida e careca lisa ressaltando os olhos castanho-claros, não tô nada mal pra um tiozinho.

27/1. 101 centímetros de circunferência abdominal. Tenho quase certeza de que já é suficiente, mas preciso afinar mais um pouco antes de agir.

28/2. Prender a respiração por muito tempo é outro fator essencial pro meu plano. Já treino no seco há meses, mas não é a mesma coisa que fazer isso no fundo da piscina, com a pressão da água ajudando a manter o ar nos pulmões. O problema é que fazer apneia é perigoso. Nenhum professor de natação permitiria que um aluno tentasse isso, ainda mais um paciente psiquiátrico.

Mas hoje à tarde pintou uma chance. Cheguei à piscina uns dez minutos antes do professor, e pela primeira vez o salva-vidas não estava por perto. Não pensei duas vezes: pulei na água. Como não tenho cronômetro, tive de contar o tempo de cabeça. Já estava havia quatro minutos lá embaixo quando ouvi alguém mergulhar. Num instante, havia braços puxando meus ombros enquanto eu segurava firme a escadinha da piscina. Queria alcançar a marca de cinco minutos sem ar. O mais irônico é que, se em algum momento corri risco de me afogar, foi quando abri a boca pra xingar o sujeito. Quando o professor chegou, eu estava deitado na borda, com o salva-vidas me aplicando respiração boca a boca.

Sob suspeita de suicídio, me puseram de novo na cela de isolamento. Trancado aqui, vou acabar engordando e perdendo massa muscular. E lá se vai mais de um ano de trabalho pelo ralo.

Eu ia me sentir mais seguro colocando meu plano em prática com uma circunferência abdominal com menos de cem centímetros, mas pelo menos já sei que tenho chances de prender a respiração pelo tempo que preciso. Vou fugir de madrugada.

1/3. *Fui.*

7
TESTOSTERONA

ABRINDO A CARTEIRA, Artur vê a foto de Ademir no documento de identidade e precisa segurar a risada. Impossível não pensar na cara do enfermeiro acordando nu e amarrado com lençóis torcidos. *O coitado nem deve ter visto o meu punho*, pensa Artur enquanto paga ao caixa.

Escolhera este *fast-food* porque oferecia computadores com acesso à internet. Entre uma e outra garfada na salada, digita "Bernardo Leal" no *site* de busca. Não encontra nada sobre a internação na clínica; a empresa deve estar escondendo a condição psiquiátrica do seu presidente. Todas as últimas referências a Bernardo foram associadas a outra pessoa: Artur Leal, que, durante o último ano e meio, emergira da obscuridade adolescente para se tornar um dos solteiros mais cobiçados do país.

Enquanto um Artur sofria crises de abstinência de um organismo que não era dele, o outro saía com atrizes de TV. Enquanto um exercitava um corpo sedentário, o outro emendava uma noitada atrás da outra. As notícias listam uma sucessão de farras, escândalos e detenções por conduta indevida. Então, às vésperas de uma festa de aniversário que prometera fazer história, o comunicado oficial à imprensa: o jovem *playboy* ia se afastar da vida social para cuidar do pai adoentado.

Mentiroso filho da...!

A vida inteira Artur confiara em Bernardo. Afinal de contas, um pai que se preocupava tanto com a saúde do filho só podia amá-lo. Para retribuir esse amor, Artur aceitara cegamente a intensa rotina de exercícios que lhe fora imposta.

Imbecil! Mil vezes, imbecil!

Pelo menos, Artur podia buscar consolo na lembrança de que tivera um breve momento de rebeldia contra a autoridade de Bernardo.

Tinha sido cinco anos antes.

Artur tinha o costume de acompanhar o chefe de segurança do pai em excursões regulares à ilha mais próxima. Foi num desses passeios que conhecera Nádia, uma humilde filha de pescadores. Assim que a viu, Artur tivera certeza: ela era mais interessante que qualquer moradora de sua própria ilha.

Artur mal havia começado a puxar papo com Nádia quando Marcos fora chamá-lo para irem embora. O flerte inocente chegara rapidamente aos ouvidos de Bernardo, que, sem apresentar qualquer explicação, proibira o filho de sair da ilha.

Para Artur, a censura apenas tornara Nádia ainda mais fascinante. Agora simplesmente *precisava* chegar até ela. Como fazer isso se todo o perímetro da ilha era cercado por câmeras e sensores infravermelhos?

Mas Artur conhecia a ilha como ninguém. Sabia, por exemplo, que a água do lago perto da margem norte era salgada. Era uma laguna e, portanto, possuía comunicação com o mar.

Nos dias seguintes praticara mergulho livre até achar uma gruta submersa bem perto do leito da laguna. Calculando que seria essa a ligação com o oceano, voltara à tona para respirar, certificar-se de que não havia ninguém olhando e – mais importante – tomar coragem. Afinal, não conhecia a extensão da gruta. Podia sair perto da praia e ser flagrado pelas câmeras, ou descobrir que o percurso era longo demais para a capacidade dos pulmões. Como era capaz de fazer apneia por até cinco minutos, nadaria até a metade dessa marca. Se até lá não chegasse ao final, faria o percurso de volta.

Na escuridão absoluta, Artur contara apenas com a iluminação do cronômetro de pulso. Nadara por mais de dois minutos até começar a enxergar melhor. Então, o dilema: devia retornar ou confiar na intuição de que a saída estava próxima?

Decidira seguir em frente.

Depois iria se perguntar onde arrumou tanta coragem. Aparentemente, quando você tem catorze anos e quer chegar até a garota mais linda do mundo, alguma coisa arranca todo o seu bom-senso e o substitui por confiança excessiva e irracional.

O cronômetro já marcava cinco minutos quando a passagem começara a estreitar. Um pensamento terrível lhe ocorrera: só porque a gruta dava passagem para alguém do seu tamanho, isso não significava obrigatoriamente que a brecha para o mar também seria larga o bastante. Mas agora a gruta estava tão estreita que Artur não teve como dar meia-volta.

Já prendia a respiração fazia seis minutos quando enfim alcançara a saída. Artur atravessara a fenda estreita com os braços esticados à frente, contando apenas com o impulso dos pés.

Foi essa a razão do treinamento na clínica. Por isso, foi tão importante ganhar fôlego e reduzir a circunferência abdominal. Artur tem apenas um caminho para a ilha de seu pai: um túnel submerso cuja entrada parecera estreita até para o seu antigo corpo magro.

8
ABDÔMEN

A TARDE JÁ ESTÁ NO FIM quando Artur para de remar. Com um suspiro triste, recorda que sua fase de adolescente rebelde não durara muito. Depois de alguns encontros, Nádia tinha lhe dado um belo chute. Artur fizera o percurso entre as ilhas – 1500 metros de gruta submersa e sete quilômetros de superfície – apenas três ou quatro vezes. Porém, fora o bastante para memorizar o ponto de mergulho, em que a mansão parece equidistante entre o prédio dos funcionários e o outeiro da ilha.

Artur fica só de calção de banho. O corpo, que começa a esfriar depois de remar por duas horas, arrepia. Sem tempo a perder, enche os pulmões e mergulha. Os olhos ardem para lembrá-lo de que não estão acostumados ao sal. Mas, pelo menos debaixo d'água, Artur não enxerga a maldita mosca volante.

Graças ao peso do corpo e às vigorosas braçadas dos membros musculosos, desce rápido ao leito. Avistando a gruta, encolhe o abdômen, reforça as pernadas, estende os braços. Arremete-se até a gruta... apenas para confirmar o seu maior medo.

A brecha da gruta é estreita demais para a barriga balofa!

Tantos meses de treinamento vigoroso por nada: aqui está ele, no fundo do mar, encalhado como uma baleia entre as paredes estreitas, com a sensação de estar ao mesmo tempo enterrado e na iminência de morrer afogado.

Acha apoio para as mãos e começa a puxar, flexionando cotovelos o máximo que permite o túnel exíguo. Sente uma dor aguda nos flancos, como se facas retalhassem os pneus da barriga, e então está solto. Com o alívio, deixa escapar dos pulmões uma boa reserva de ar. Ainda sem poder dar pernadas largas, continua agarrando e puxando reentrâncias na rocha. A água salgada queima as feridas nas laterais do abdômen.

Evitando pensar na quantidade de sangue que perdeu, continua se movendo até chegar ao ponto em que o túnel alarga. Aqui pode dar pernadas e braçadas amplas, mas está enfraquecido e quase sem fôlego.

Idiota!

Como conseguiu convencer a si mesmo de que seria capaz de ficar sem ar por mais de cinco minutos enquanto faz um esforço digno de um decatlonista?

A água começa a clarear, anunciando a proximidade da saída. Mas a alegria não dura um segundo; a passagem escurece de novo. Será que, sem perceber, fez o retorno e está voltando para o mar? Pisca e tudo clareia de novo. Entende: com o esforço e a falta prolongada de ar, está na iminência de desfalecer. E, com a inconsciência, virá o afogamento.

E a morte.

Concentra-se nas feridas queimando no sal; no latejar de bíceps, tríceps e tibiais exigidos ao limite; no vazio agonizante que sente nos pulmões – em tudo que diga à mente que o corpo continua vivo, que vale a pena resistir ao convite do vazio.

Agora os movimentos do corpo de Bernardo são tão automáticos que Artur mal percebe ter alcançado a saída para o lago. Nem escuta o zumbido nos ouvidos enquanto sobe rápido. Só nota que aflorou à superfície quando os pulmões se rendem, aspirando não água, mas ar delicioso e revigorante.

Artur nada até a margem mais próxima. Em algum momento, sente os joelhos roçarem o fundo lodoso. Arrasta-se pelos intermináveis metros finais, e já é noite quando alcança o chão firme.

Tenta ficar de pé, não consegue. O corpo do pai parece ter se rebelado contra o invasor que primeiro o fez passar fome, correr e puxar ferro, e que agora o submeteu a mais de seis minutos de tortura excruciante.

Abre a boca para ordenar a si mesmo que se mova, mas, se fala algo, não escuta. O único som é do coração, que, em vez de desacelerar com o fim do esforço, bate cada vez mais forte e rápido. Batidas dolorosas.

Caraca, ataque cardíaco!

Artur se força a respirar mais lento e compassado, comunicando ao corpo que está tudo bem, que pode relaxar. Pouco a pouco sente o pulso reduzir, o coração retomar um ritmo mais próximo do normal.

Foi só taquicardia, pensa Artur quando finalmente consegue sentar a bunda na areia molhada. Corre as mãos para os ferimentos. Sangra, mas os talhos compridos, que atravessam as costelas, parecem superficiais.

Reavendo o controle do corpo amotinado, Artur se levanta. Precisa se afastar dali. Não há câmeras em torno do lago, mas o espaço aberto facilita que seja avistado por alguma sentinela em ronda noturna.

Contando apenas com a claridade da lua minguante, embrenha-se no mato até dar com o outeiro, cinquenta metros de rocha lisa entre ele e a mansão. Uma escalada sem equipamentos seria arriscadíssima mesmo se não estivesse ferido e exausto. O outro caminho seria a trilha ao redor do monte rochoso, mas, se fizer isso, poderá ser interceptado por uma sentinela.

Só resta uma alternativa.

Escolhe uma árvore cuja copa se estende sobre a trilha. Escalar o tronco segurando um par de pedras do tamanho de punhos é uma tarefa árdua para o corpo pesado, mas finalmente se empoleira num galho. Agora é apenas uma questão de paciência e de resistência à fadiga.

Cabeceia de sono quando escuta alguém se aproximar. Vendo que a sentinela vai passar alguns metros ao largo da árvore, larga uma das pedras. O homem para, vira-se e caminha até o ruído. No instante em que passa sob a árvore, Artur pula sobre suas costas e, no mesmo movimento, acerta-lhe a cabeça com a outra pedra.

Por baixo do casaco do uniforme, a sentinela usa camisa de malha. Artur rasga a camisa e usa o pano para enfaixar o abdômen, estancando o sangramento. As botas são do número do pai, mas o casaco e as calças ficam um pouco apertados. Já o boné e os óculos de visão noturna ajudam a esconder seu rosto. Enfim veste o cinto com suporte de rádio num lado e coldre de pistola no outro. Conserva o rádio, mas a pistola lhe causa repugnância. Joga-a no meio do mato.

Já caminha por cinco minutos na trilha quando o rádio zumbe.

– Base para guarda três – soa metálica uma voz. Artur se arrepia: é Marcos, braço-direito de seu pai. – Responda, guarda três.

E agora? Se Artur responder, Marcos saberá que ele não é seu subalterno. Pior, reconhecerá a voz bem modulada de Bernardo Leal.

– Responda, Ed – insistiu Marcos. – Tô com você no visual.

Olha em torno e vê a câmera de vigilância instalada no tronco de uma árvore. Com uma das mãos levanta o rádio, com a outra faz sinal de garganta cortada.

– Deu defeito? – pergunta Marcos. – Vem pegar outro rádio.

Artur faz sinal de positivo.

Durante o resto do percurso cruza com mais duas sentinelas, que respondem com naturalidade aos seus acenos de cabeça. Atravessa o jardim da mansão até a porta da frente, mas bem a tempo lembra que os seguranças usam uma entrada lateral. A porta de serviço abre automaticamente para ele. Com o coração batendo forte, percorre um corredor longo no térreo até a central de vigilância.

Ao entrar, retira os óculos de visão noturna. A mosca volante imediatamente começa a voar na sala branca e iluminada. Marcos está sentado à mesa de monitoração, mas, em vez de prestar atenção nas telas, bebe uísque enquanto lê uma história em quadrinhos num *tablet*.

– Muito frio lá fora, parceiro? – pergunta o chefe de segurança, olhos fixos na HQ.

Artur não responde; continua caminhando com passos seguros até Marcos. Vendo os seus braços grossos, herança dos tempos de campeão de luta livre, Artur se arrepende de não ter ficado com o revólver.

Quando está bem perto, prepara o golpe. Mas o chefe de segurança pressente o perigo e se esquiva. O punho passa a centímetros do queixo de Marcos, que não perde tempo. Larga no chão o copo de uísque e o *tablet* para arremeter a cabeça como um aríete no peito de Artur.

Artur recua com o impacto, e Marcos, agora de pé, crava olhos chocados no rosto do agressor.

– Artur? – pergunta Marcos, pasmo.

O desgraçado *sabe*. Devia estar a par de tudo desde o começo. O confronto de Artur com a diretoria tinha sido armação dele e de seu pai.

Marcos desce os olhos pelo corpo de Bernardo, surpreso com sua excelente forma física. Mas sorri de forma cruel quando vê a barriga balofa, na qual desfere um soco violento. O sorriso de Marcos dá lugar a uma expressão de dor. Sob toda a capa de gordura da qual Artur jamais conseguiu se livrar há uma parede de musculatura firme, para a qual os dedos de Marcos não estavam preparados.

Marcos retrocede balançando a mão dolorida. Artur resolve que é o momento de surpreendê-lo de novo. Tenta acertar Marcos com uma voadora, decisão da qual se arrepende de imediato. O corpo do pai é lerdo demais para *kung fu*. Marcos se agacha, deixando o pé do oponente passar com folga por cima da sua cabeça. Dessa posição, Marcos arremete outro golpe de cabeça.

Embora luta livre jamais tenha sido seu forte, Artur decide fazer o jogo do inimigo, prendendo a cabeça de Marcos entre o cotovelo e as costelas. Apesar da dor aguda no flanco enquanto cai de pé, Artur cerra ainda mais a prensa e pula o mais alto que pode. É com o peso conjunto dos dois homens que investe a testa de Marcos contra o chão. Num baque surdo, o crânio colide com madeira corrida, e se o tremor do choque chega a ser doloroso para Artur, é dinamite pura para Marcos.

Aí, campeão, não esperava um DDT!

No solo, Artur mantém imobilizada a cabeça de Marcos, aguardando o oponente tentar se levantar. Mas Marcos não se move.

Nocaute.

No instante seguinte, a preocupação: será que o impacto foi violento demais? O problema de não ser profissional é que Artur não sabe medir a força necessária para um golpe, ainda mais usando um corpo com o qual nunca lutou. Virando Marcos de barriga para cima, estremece ao ver que estourou o nariz do cretino. Toma o pulso de Marcos e suspira de alívio.

Vivo.

Ainda tremendo com o fluxo de adrenalina, Artur revista Marcos até achar o que queria: o cartão magnético que abre todas as portas da mansão.

Empertigando-se, Artur depara com algo que preferia não ter visto: uma garrafa de uísque, sedutoramente pousada na mesa de monitoração. Artur corre a língua por lábios ressequidos. A sede que sente não é comum.

Como se movida por vontade própria, a mão direita do corpo de Bernardo Leal se estende até a garrafa, mas Artur a detém. Não pode permitir que este corpo se renda aos vícios antigos. Principalmente agora, quando precisa de sentidos afiados. O corpo de Bernardo implora, exige. Mas a vontade de Artur é mais forte. Ele pega a garrafa e a arremessa com raiva no chão.

Depois de atar e amordaçar Marcos com as próprias roupas, Artur sai da sala de vigilância e segue até o elevador para o subsolo. Passa o cartão no sensor, e a porta do elevador se abre com um sibilo. Entra. Segundos depois, a porta se abre de novo para revelar o sofisticadíssimo laboratório de Bernardo Leal.

Você não veio aqui matar ele, adverte-se Artur ao sair da cabine. *Você não é vingativo.*

O imenso laboratório é composto de salas separadas por divisórias de vidro fosco. Estão acesas apenas a sala de espera em que Artur está e o cômodo mais distante. Artur caminha até um par de portas que deslizam automaticamente para os lados enquanto a luz do segundo cômodo acende. Guinchados agudos rompem o silêncio; é o despertar de centenas de ratos brancos em suas gaiolas de acrílico. Antes Artur não entendia que relação esses animais tinham com as experiências em nanotecnologia de Bernardo, mas agora tem uma forte suspeita.

Lá ao longe, no último cômodo do laboratório, uma silhueta se levanta de uma poltrona e caminha até portas automáticas. A segunda repartição mais distante acende, mas Artur ainda não consegue ver nada além de uma figura indistinta que se aproxima devagar.

Artur também continua avançando. Mais portas se abrem, iluminando outra sala, um arquivo de peças biológicas. Com os cantos dos olhos registrando vagamente fatias de cérebro preservadas em formol, mantém-se focado na figura ao longe, que agora também atravessa mais uma repartição.

Quando apenas uma sala de vidro fosco e ainda não iluminada separa os dois indivíduos, Artur começa a discernir o vulto. Não gosta do que vê.

Não gosta nem um pouco.

Pai e filho, filho e pai, novo e velho, velho e novo chegam juntos à repartição central, que se ilumina para expor um ao outro.

O choque é mútuo.

Do corpo saudável e forte de um homem de 51 anos, Artur vê um indivíduo de barriga enorme, braços flácidos, pescoço grosso meio encoberto por uma papada gelatinosa. O corpo de um rapaz que não se cuida há tempos.

9
CORAÇÃO

AINDA ATÔNITO, Artur deita na mesa de exame e permite que Bernardo trate dele.

– Então você veio me matar – diz o pai enquanto aplica pontos nos ferimentos.

– Nunca faria isso – garante Artur. – Não sou vingativo.

Bernardo assente com a cabeça, sem esconder o alívio. Comenta:

– Fez um trabalho maravilhoso nesse corpo velho.

– Você também fez um trabalho e tanto no meu – retruca Artur.

O rosto jovem e inchado, que estranhamente lembra a Artur suas fotos de bebê, suspira melancólico.

– Comprei uma cobertura na cidade e passei meses aproveitando as coisas boas da vida.

– Mulheres e carros velozes – comenta Artur. – Li na internet.

– Sim. Tudo isso. – Com mais um sorriso, Bernardo acrescenta: – E comida. Sabe, pela primeira vez podia me empanturrar sem sentir culpa. Comia tudo que queria e, quando me olhava no espelho, não sentia vergonha. As mulheres continuaram atraídas por mim, mesmo quando começou a aparecer uma barriguinha.

Bernardo cobre os ferimentos com uma gaze e se afasta da mesa de exame.

– De repente, comecei a ganhar peso numa velocidade impressionante. – Retira um maço de cigarro do bolso do jaleco e continua: – Perdi totalmente o controle deste corpo.

– E um dia você estava tão repulsivo que não tinha mais coragem de aparecer em público – presume Artur.

– Voltei pra ilha achando que aqui poderia recuperar a forma. – Dá uma baforada longa. – Esperava que os seus preparadores físicos me ajudassem. Não conseguiram. A verdade é que eu tinha o corpo do meu filho, mas não a força de vontade dele.

– Bernardo, não preciso perguntar por que você fez isso. Mas *como*?

– É difícil explicar com poucas palavras um processo que me custou dezoito anos de pesquisa intensa – afirma enquanto esmaga a bagana no cinzeiro. – A base do meu trabalho foi uma teoria do Hans Moravec, um neurocientista que foi meu orientador no MIT. Hans acha que é possível fazer um *download* da mente humana para um computador. O que fiz foi basicamente colocar essa teoria em prática usando nanomáquinas.

– Os robôs microscópicos que a sua empresa fabrica?

– Sim. – Bernardo toca a veia femoral do corpo em que Artur está. – As nanomáquinas são introduzidas na corrente sanguínea do indivíduo, pela qual viajam até o cérebro. – Bernardo traceja uma linha pela veia femoral, subindo o pescoço até a cabeça. – Aqui elas fazem uma varredura neuronal, recolhendo toda informação acumulada no órgão. Ao mesmo tempo, apagam as informações originais. O cérebro é, digamos assim, formatado. As nanomáquinas saem do cérebro e se reúnem num local específico do corpo – diz enquanto abaixa a mão até o apêndice do corpo que Artur está usando. – Então, é só uma questão de recolher as nanomáquinas e transplantá-las para um segundo corpo, que também já teve o cérebro copiado e formatado – conclui, apontando para si.

– Dessa forma, as nanomáquinas fazem um *upload* para o outro cérebro.

– Isso – confirma Bernardo com um sorriso de professor orgulhoso. – Sabe, sempre achei que você tinha herdado um pouco do meu intelecto.

– E minha mãe? – indaga Artur. – Ela era inteligente também?

– Escolhi sua mãe porque ela vinha de uma família de atletas. Sinto dizer, mas as capacidades intelectuais dela nunca me fascinaram.

Artur fita intensamente o pai.

– Você teve alguma coisa a ver com a morte dela?

Bernardo retribui o olhar intenso.

– Prefiro não falar sobre isso.

Artur levanta-se abrupto.

– Mas por que eu? Você não podia ter encontrado um voluntário com quem trocar de corpo? Deve ter muita gente capaz de abrir mão da juventude em troca de dinheiro.

– As minhas primeiras experiências indicaram que era preciso um grau elevado de compatibilidade entre os cérebros. Os testes entre ratos não consanguíneos foram catastróficos. Níveis de rejeição altíssimos.

– Foi quando você decidiu me usar como cobaia.

– Sim. Mas juro que fiz tudo ao meu alcance para encontrar uma maneira de anular a incompatibilidade. Aliás, desde que voltei para a ilha, tenho trabalhado exclusivamente nisso. – Um sorriso largo empina as bochechas salientes. – Desenvolvi uma enzima imunossupressora.

– Traduz, por favor? – pede Artur.

– Uma substância que elimina a rejeição. Deu certo com os ratos. No futuro, poderei usar voluntários não consanguíneos.

– Então você não precisa mais de mim – conclui Artur.

O sorriso desaparece.

– Na verdade, preciso de você mais do que nunca. Quero meu corpo de volta.

Artur estremece, surpreso.

– Se pode passar para qualquer corpo, por que este?

– Porque tenho pressa – admite Bernardo. – Olha, não tenho mais nenhum motivo para não ser honesto com você. – Ele gesticula para si próprio. – Este corpo aqui... o seu corpo... possuía uma predisposição a diabetes, que nunca se manifestou por causa da sua rotina de atividades físicas.

– É grave?

– Com os níveis glicêmicos atuais, este corpo não vai viver por muito tempo. Estou tomando insulina, mas o tratamento não será suficiente sem exercícios e dieta.

– E você não é capaz desses sacrifícios.

– Mas você é. Artur, este corpo é jovem. Você poderá salvá-lo em poucas semanas.

– E que garantia eu tenho de que você não vai me trair?

Mais uma vez, o sorriso de bebê.

– Meu querido filho, você terá de confiar no seu coração.

Artur pensa durante um momento. Então suspira, resignado.

– Como é o processo?

– O equipamento é automático. Uma vez que tenha sido programado, fará tudo sozinho.

Bernardo conduz Artur até a sala adjacente. Dispostas lado a lado, estão duas cápsulas que parecem camas de solteiro vedadas por cúpulas de vidro. Um pouco afastado, há outro par de cápsulas bem menores, provavelmente destinadas a cobaias de laboratório. Cabos conectam as quatro cápsulas a um terminal de computador.

Bernardo aponta para o teto, onde um dispositivo munido de vários braços hidráulicos paira sobre as cápsulas como uma aranha à espreita.

– Esse é o nosso cirurgião automático. A primeira coisa que vai fazer é aplicar um sedativo. Assim que estivermos adormecidos, vai injetar a solução contendo as nanomáquinas nos nossos sistemas circulatórios. Depois que o processo de gravação e apagamento de memória estiver completo, o cirurgião transferirá as nanomáquinas de um organismo a outro. Em questão de horas, cada um de nós estará de volta ao antigo corpo. Tudo que preciso fazer é programar o aparelho.

Bernardo senta-se ao terminal. Usando uma interface de configuração, indica que a memória do indivíduo na câmera C deve ser transferida para o indivíduo na câmera D e vice-versa. Ignora as câmaras A e B, destinadas a pequenos animais, assim como o botão para aplicação da enzima imunossupressora em indivíduos não consanguíneos.

As cúpulas de vidro se abrem. Pai e filho deitam-se nas camas estreitas.

– Me explica uma coisa – diz Artur enquanto vê se aproximar um braço mecânico com uma seringa na ponta. – E se o indivíduo for mais do que um simples acúmulo de padrões cerebrais? Como pode saber que não está matando o cara no momento em que formata o cérebro dele?

Bernardo espera até o cirurgião automático ter aplicado o sedativo em ambos, e então responde:

– Artur, eu sou um cientista, não um teólogo.

* * *

Nem a desintoxicação, a dieta, ou o treinamento. Nem mesmo a travessia pela gruta submersa ou a luta contra Marcos. Nenhuma provação, desde o dia da transferência, foi tão excruciante quanto esta.

Artur precisa de toda sua força de vontade para resistir ao sedativo que lhe corre nas veias.

Olha para o lado e vê que Bernardo já está dormindo. Antes que a cúpula da câmara comece a descer, Artur se levanta e segue trôpego até o terminal. Por sorte, a interface é extremamente amigável, e não é difícil colocar o processo de transferência em modo de pausa.

Respira fundo. Caminha até a porta, e a luz que se acende na próxima sala ofusca seus olhos, fazendo a mosca voar mais nítida do que nunca.

Isso, concentre-se na mosca. Deixe que ela o guie, sempre em frente, até a sala em que ficam...

Mais um estouro de luz, e guinchos agudos pinicam-lhe os tímpanos.

Isso, Artur. Agora abra uma gaiola. Pegue uma cobaia. Dê meia volta. Olhe a mosca. Siga a mosca. Retorne. Para a sala de transferência.

Pode bocejar; isso resfria o cérebro e aumenta a concentração. Veja, ali estão as cápsulas. Abra a primeira das duas cápsulas menores. Ponha a cobaia nela. Volte ao terminal. Pisque várias vezes para manter a visão focada. Certo, esse é o botão de pausa... mas não o aperte ainda!

Mude a programação. Altere a ordem de transferência e inclua a aplicação da enzima imunossupressora nos indivíduos. Pronto. Agora reinicie o processo de transferência. Bom menino. Volte para a sua cápsula. Rápido, antes de o vidro descer!

Deite-se.

E se renda ao sono.

* * *

Artur acorda com o sibilo da cúpula se abrindo.

Estou vivo, pensa. *Mas será que deu certo?*

Pisca. Não vê a mosca volante.

É meu corpo, pensa. *Estou de volta ao meu corpo!*

Flexionando o tronco, sente uma pontada de dor na coluna. Normal, essa musculatura está desacostumada a movimentos bruscos. Abaixa os olhos e se depara com a barriga imensa.

Tá, é uma porcaria, mas é minha.

Artur está confiante, sabe que vai conseguir reaver a saúde e a forma física em pouco tempo, principalmente com os recursos disponíveis na ilha do pai.

Ou melhor, minha ilha.

Vira lentamente a cabeça para olhar a cápsula ao lado. O corpo de Bernardo Leal treme convulsivamente. Nos olhos arregalados, as pupilas correm para todas as direções. O nariz se contorce como se esperasse de um espirro que não chega. A boca entreaberta deixa escapar um gemido baixo e interminável.

Não é um estado comatoso, avalia Artur. *É como se a mente não fosse capaz de emitir comandos complexos ao corpo.*

Artur se levanta. Agora sente uma euforia indescritível. Está de volta ao lar. Quer ver suas coisas, brincar com seu gato. Mas antes tem uma última tarefa a fazer aqui. Ainda com passos claudicantes, caminha até a câmara A.

* * *

Assim que Artur abre a porta do quarto, Flick salta da cama e corre todo animado até ele. Artur quer acreditar que o animal está feliz por revê-lo, que, de alguma forma, pressente estar diante do verdadeiro dono. Mas o que o felino deseja é a criatura se agitando na gaiola que Artur segura.

Artur levanta a gaiola até a altura dos olhos.

– Fica calmo que não vou te dar pro gato – diz Artur ao camundongo. – Já disse, papai: não sou vingativo.